해양문화의 꽃, 해녀

황금알 시인선 173
제주해녀 시조집

해양문화의 꽃, 해녀

초판발행일 | 2018년 6월 30일

지은이 | 오늘의시조시인회의
펴낸곳 | 도서출판 황금알
펴낸이 | 金永馥
주간 | 김영탁
편집실장 | 조경숙
표지디자인 | 칼라박스
주소 | 03088 서울시 종로구 이화장2길 29-3, 104호(동승동)
전화 | 02)2275-9171
팩스 | 02)2275-9172
이메일 | tibet21@hanmail.net
홈페이지 | http://goldegg21.com
출판등록 | 2003년 03월 26일(제300-2003-230호)

ⓒ2018 오늘의시조시인회의 & Gold Egg Publishing Company Printed in Korea

값은 뒤표지에 있습니다.

ISBN 979-11-89205-02-7-03810

제주해녀 시조집

해양문화의 꽃, 해녀

오늘의시조시인회의 지음

주최 : 오늘의시조시인회의 · 아시아퍼시픽해양문화연구원 서귀포센터
후원 : 문화재청 · 제주특별자치도

황금알

숨비소리를 찾아서

오 승 철 (오늘의시조시인회의 의장)

해녀들이 물에 드는 날, 제주바다는 휘파람새 떼 울음
의 장 같습니다.

'물숨'이요, '숨비소리'가 바로 그것입니다.

오늘의시조시인회 2018 여름세미나는 마치 그 소리를
찾아가는 여정처럼

회원들의 '해녀' 관련 시편들을 한 자리에 모았습니다.

시집의 제호도 『해양문화의 꽃, 해녀』로 정했습니다.

이는 세계인들의 눈에 비친 해녀의 모습을 지칭한 것
입니다.

유네스코는 '제주해녀문화'를 2016년 11월 30일 인류
무형문화유산으로 등재하며 이에 화답했습니다.

조선 세종 시절, 제주 목사로 부임했던 기건寄虔은 눈
내리는 날 해녀들의 고된 물질 모습을 보고, "저렇게 힘
들게 채취하는데 앞으로 내 밥상에는 전복을 아예 올리
지 말라"고 했다는 이야기도 전해옵니다.

제주에서 해녀의 역할은 단순히 생계를 위한 물질에
그치지 않았습니다.

해녀는, 좋은 풀을 찾아 유랑하는 유목민처럼, 국내는

물론 일본·중국·소련의 국경을 넘어 바다를 찾아 나서는 도전·개척정신의 소유자였습니다.

일제의 수탈에 맞서 대규모 항일운동을 전개했던 독립투사들이었습니다.

저는 정인수 선생님을 통해 맨 처음 현대시조를 접했고, 그 작품 또한 「해녀」였습니다.

해녀는 물속에서만 눈을 뜨고 입을 연다
남몰래 옷을 벗어 모든 것을 내맡겨도
오히려 못 믿을 것은 휘파람 저 너머 세상
― 정인수의 「해녀」 중에서

저의 어머니도 해녀였습니다.

팔순까지도 바다를 포기하지 않고 물질을 하셨습니다.

고맙고, 자랑스럽고, 보고 싶습니다.

이번 여름세미나는 아시아 퍼시픽해양문화연구원 서귀포센터와 함께하고 있습니다. 실제로 한경면 고산리 자구내 포구에서 해녀들의 물질 모습도 보고, 또 그들이 채취해 온 소라며, 성게, 해삼도 먹으며 소주잔도 기울입시다.

이 책이 나오도록 귀한 작품을 보내주신 회원 여러분, 김순이 선생님, 김영탁 문학청춘 대표님, 그리고 제주회원 여러분께 따스한 우의를 전합니다.

고맙습니다.

차 례

강문신 함박눈 테왁 · 12

강애심 숨비소리 · 13

강현덕 우도 여자 · 14

강현수 잠녀삼촌 · 15

구애영 테왁, 혹은 물숨 · 16

권갑하 하도리 해녀군상 · 17

곽흥란 오후 세 시의 바다 · 19

김강호 상군 해녀 · 20

김계정 그곳에 그녀가 있다 · 21

김광순 4 · 3 해녀 · 22

김덕남 두렁박 타령 · 23

김동관 해녀, 꽃피다 · 24

김민정 부표를 읽다 · 25

김복근 물질 · 26

김석이 테왁을 보다 · 27

김선희 상처가 늙고 있다 · 28

김성영 하군 비바리의 사랑가 · 29

김소해 돌미역 · 30

김수엽 해녀상象 앞에서 · 31

김양희 파도 멀미 · 33

김연동 바다와 해녀 · 34

김연희 칠성판 등에 지고, 혼백 상자 머리에 이고 · 35

김영란 해녀콩꽃 · 36

김영순 똥군해녀 · 37

김영철 아름다운가, 숨비소리 · 38

봉집 김용채 모질도毛耄圖 숨비소리 2 · 39

김윤숙 구룡포에 들다 · 40

김윤숙 제주해녀 애가 · 41

김임순 숨 · 42

김 정 어머니의 망사리 · 44

김정숙 인어 이야기 · 45

김정해 푸른 불새 · 47

김종영 숨비소리 · 48

김주경 물숨 · 50

김진숙 숨 1 · 52

김진희 등대 · 53

김차순 물의 길 · 54

김춘기 숨비소리, 수평선 흔들다 · 55

김희운 섬 하나 · 57

노창수 잠녀의 신화 · 58

문경선 숨비소리 · 59

문수영 섬 · 60

문순자 갯무꽃 · 61

문희숙 해녀 · 62

박권숙 해녀 · 63

박기섭 가시加時 · 64

박명숙 위미 동백 · 65

박방희 제주해녀의 시詩 · 66

박복영 물풀이 흔들릴 때 · 67

박성애 할머니 해녀 · 68

박수근 고내포구 비파소리 · 69

박영식 물숨 · 70

박옥위 제주 마지막 해녀의 꿈 · 71

박지현 집 한 채 · 72

박홍재 지구에 매달려서 · 73

박화남 내 이름은 해녀 · 74

박희정 긁다 · 75

배경희 해녀콩 · 76

배우식 딱 한숨 · 77

백순금 숨비소리, 그녀 · 78

변현상 짙은 수다 · 79

서연정 숨 · 81

서석조 이어도 · 82

서숙희 그 여자의 바다 · 83

서일옥 해녀, 어머니 · 84

서정택 세이렌 · 85

서정화 누가 언제쯤이면 이 후라이를 뒤집나? · 86

서태수 강물 홀로 아리랑 · 87

손증호 절영도 12 · 88

송유나 엄니의 바다 · 89

신춘희 제주해녀 · 90

신필영 해녀 김삼순 · 91

양점숙 해녀 · 92

염창권 어멍의 바다 · 93

오승철 그리운 붉바리 · 94

오영호 바다 위에 테왁들이 둥둥 뜨는 날은 · 95

오종문 어멍의 바다 · 98

옥영숙 제주 샛담 · 99

우아지 해녀 사설 · 100

우은숙 오토바이 탄 그녀 · 102

윤금초 이어도사나, 이어도사나 · 103

윤종남 제주, 그리고 바다 · 106

이기라 우도 해녀 · 107

이 광 숨비소리 · 109

이남순 귀항 · 110

이두의 해녀 이야기 · 111

이말라 여 · 112

이명숙 그 여자의 바코드 · 115

이복현 즐거운 비밀 · 116

이숙경 그예 · 117

이승은 물밭 · 118

이양순 이어도의 아침 · 119

이애자 할망바당 · 120

이우걸 해녀 · 122

이은주 여 · 123

이정홍 해녀 물질 · 124

이정환 협재 해녀 · 125

이지엽 제주바다 여자 · 126

이창선 미역해경 · 128

이한성 제주바다에는 휘파람새가 산다 · 129

이행숙 그 여자의 바다 · 130

인은주 그녀의 수법 · 131

임 석 바다 밭 · 132

임성구 숨비소리로 오는 봄 · 133

임성화 제주바다 · 134

임영숙 터 · 135

임채성 물의 딸 · 136

임태진 어떤 귀향 · 137

제만자 우도에 남아 · 138

전정희 해녀에게 길을 묻다 · 139

장영심 불턱 · 141

장영춘 이모 바당 · 142

장은수 비양도 어머니 · 143

정경수 기장 해녀 말라 · 144

정수자 푸른 동거 · 145

정옥선 테왁이 있는 풍경 · 146

정유지 바다섬, 테왁 · 147

정진희 물숨 · 148

정평림 세화리 순비기꽃 · 149

정현숙 바다가 된 어멍 · 151

정형석　제주해녀 · 152

정황수　구럼비 순비기꽃 · 153

정희경　불턱 · 154

조경애　비바리에게 · 155

조명선　물―숨 · 156

조　안　이어도사나 · 158

조한일　물질일보日報 · 159

조호연　며느리와 · 160

진순분　살암시민 다 살아진다 · 161

천성수　돌아가고 싶다 · 162

최성아　긴 생머리 · 163

최영효　숨비기새 · 164

추창호　해녀 · 165

하순희　푸른 해녀 · 166

한분옥　숨비 · 167

한희정　종달리 수국 · 168

홍진기　바다를 캐다 · 169

■ 대담 〈나의 삶 나의 물질〉 | 김윤숙 · 강애심
85세 해녀 임순옥씨, 아직도 물질은 끝나지 않았다 · 172
■ 발문 | 김순이
제주해녀는 세계최강이다 · 179

함박눈 테왁

강문신

신묘년 새 아침을 서귀포가 길을 낸다
적설량 첫 발자국 새연교 넘어갈 때
함박눈 바다 한가운데 테왁 하나 떠 있었네

이런 날 이 아침에 어쩌자고 물에 드셨나
아들놈 등록금을 못 채우신 가슴인가
풀어도 풀리지 않는 물에도 풀리지 않는

새해맞이 며칠간은 푹 쉬려 했었는데
그 생각 그마저도 참으로 죄스러운
먼 세월 역류로 이는 저 난바다… 우리 어멍

서울신문 · 동아일보 신춘문예 등단, 제주도문화상, 시조시학상, 한국시조시인
협회상, 조운문학상, 시조집 『어떤 사랑』, 시선집 『나무를 키워본 사람』

숨비소리

강애심

1
제주시 바다에도 영락리 불빛은 있다
친정집 아버지 신열로 켠 등 하나
자맥질 못 해본 내가 숨비소릴 내고 있다

2
한 포대씩 돌린 귤이 자리돔으로 돌아오는
영락리 회귀 못 한 이 가을 연어처럼
내 삶의 지느러미가 곤두박질치고 있다

3
매립된 바다에도 더운 숨결 살아 있어
연체된 갈증 물고 솟아오른 갈매기
폭풍의 그 바다에서 집어등을 낚는다

2004년 『시조시학』 등단. 시집 『다시 뜨는 수평선』 『그 진한 봄꽃 향기로』

우도 여자

강현덕

햇살 출렁이는 우도에서 보았네
한숨의 깊이가 바다의 깊이란 걸
짙푸른 물의 깊이가 한 삶의 넓이란 걸

멈춘 숨 죽인 숨으로 살아온 우도 여자
바다를 다 안았네 천 평 만 평 제 것이네

주황의 테왁 위에선 휘파람 숨비소리

1994년 중앙일보 지상시조백일장 연말장원, 1995년 조선일보 신춘문예 등단,
시집 「첫눈 가루분 1호」 등, 역류 동인

잠녀삼촌

강현수

보목리 팽나무도 은퇴를 했나 보다
그 곁에 잠녀삼촌 강씨가 혼자 산다.
팔순의 자리젓 냄새 바다처럼 익었다.

4·3에 잃은 세월이 어디 나뿐이냐며
제비꼬리 같은 오리발 수직으로 꽂힌다.
망사리, 그 눈썹 끝에 걸려오는 풍경 하나

누구나 한 허리는 납덩이 달고 산다.
더러는 진눈깨비 더러는 반짝 햇빛
궤짝 속 짓다만 수의, 바람결에 마른다.

바닷가 키 낮은 집, 뼈마다 물이 들어
바다도 나뭇잎도 흔들리며 가는 시간
섶섬을 마당에 들이고 달려오는 너, 삼월아

제주 서귀포 출생. 2008년 영주일보 신춘문예 등단. 『열린시학』 등단. 정드리문
학회 회장 역임. 서귀포시청 근무

테왁, 혹은 물숨
— 우도해녀촌에서

구애영

1.
옹찬 속살 들어낸
구멍 없는 반달
팽팽하게 잠겨있는 목숨의 근처 같은
파도를 바다이게 한
뒤웅박의 저 자맥질

2.
방안에 나 혼자서 가만히 앉앙이시믄
호이 호이 휘파람소리 들리는 거 닮아
가슴이 촐랑촐랑해
막 바다에 가고정허여

3.
물숨은 숨이 아니지
멈춰야 살 수 있지
물안경, 쑥이파리, 씹던 껌, 뇌신 한 갑
버텨온 숨비소리에 맑게 뜨는 우도 하늘

2010년 「시조시학」 등단. 시집 「모서리이미지」 「호루라기 둥근 소리」

하도리 해녀군상*

권갑하

등 뒤로 바르팟* 흰 살결 아롱아롱 피워 올리는
북제주군 하도리 해안도로변 해녀들은
함부로 그 날 얘기를 풀어 놓지 않는다.

뽈 돋은 소라 껍질 밀물 썰물 모래가 되고
젖 불은 엄마는 자꾸 아이 젖을 물리지만
현무암 검은 가슴엔 하얀 포말이 섬뜩하다.

이여싸나 이여싸나
혼백 상자 등에 지곡
가슴 아피 두렁박 차곡
한질 두질 들어가난
저승길이 왓닥 갓닥
이여싸나 이여싸나*

머리엔 흰 수건, 두 손엔 빗창과 호미
호-이 호-이 숨비질 소리 수평선 띄워 놓고
일 천여 분노의 노래 주재소로 몰려갔다.*

그날 밤 덩치 큰 해일이 섬을 다 삼켰다
불턱에 갈무려 둔 불씨마저 다 지우고
바다는 고요가 잠든 밤 속으로만 흐느꼈다.

* 하도리 해녀군상: 제주시 하도리 해변에는 현무암으로 조각된 5명의
  해녀가 젖먹이 둘을 안고 있는 '해녀군상'이 세워져 있다.
* 바르팟: 바다밭.
* 이여싸나 이여싸나~: 제주민요 '해녀의 노래' 일부.
* 머리엔 흰 수건~: 일제강점기 일본의 수탈에 대항했던 해녀항쟁 역
  사.

1958년 경북 문경 출생, 문화콘텐츠학 박사, 조선일보 · 경향신문 신춘문예 등
단, 중앙시조대상 등 수상, 시조집 『외등의 시간』 등, 현 한국문인협회 시조분과
회장

오후 세 시의 바다

곽홍란

바다를 버릴 수 없어 섬이 된 휘파람새
병상에 홀로 누워 갯바위를 더듬는지
몸 안쪽 허물어져서 휘어 넘는 긴 파랑

밀치며 끌어당기며 건져 올리던 기억
태양마저 몸 사리던 물밭 박차 올라도
수평선 새끼발가락 겨우 닿던 흰 부리

고래심줄만큼 질기고 찰박한 아흔 바당
곱던 손 다 닳아서 지문조차 잃어버린
울 엄마 숨비소리로 오후 세 시를 건진다

조선일보 · 매일신문 신춘문예 등단. 시조집 『직선을 버린다』. 동시집 『글세, 그
게 될까』. 소리시집 『내 영혼의 보석상자』 『가슴으로 읽는 따뜻한 시』 등

상군 해녀

김강호

해녀의
발끝에서
파고는
시작된다

하늘도
출렁거리는
여든 해
할망 물질

바다를
삼켜버린 멍게

그 멍게 담은
망사리

1999년 동아일보 신춘문예 등단, 시조집 「참, 좋은 대통령」 등

그곳에 그녀가 있다

김계정

세상에는 없는 별 머리 위에서 빛나면
한잎 두잎 꽃잎인 양 물살이 키우는 꽃
차가운 생의 노래에 파도가 지나간다

웃음 한 그릇 풀어 다정하게 나눠 마시면
발끝까지 투명하게 전해지는 뜨거운 피
바다를 등에 업고서 출항을 서둘렀다

햇볕도 쉬어가는 새까만 민낯으로
출렁이는 속울음 쏟아 부은 바닷속
취한 듯 비틀거리며 만선 한 척 들어온다

2006년 백수 정완영 시조백일장 장원, 『나래시조』 등단, 시조집 『눈물』

4 · 3 해녀

김광순

온몸에 하늘을 안고 바다로 내려갔다

온몸에 바람을 안고 파도를 빠져나왔다

온몸에 동백꽃 피는 4 · 3 해녀 빗소리

1960년 충남 논산 출생, 한남대학교 국어국문학과 졸업, 1988년 충청일보 신춘문예 등단, 『시조문학』 등단, 시집 『새는 마흔쯤에 자유롭다』 『고래가 사는 우체통』 『달빛 마디를 풀다』 『물총새의 달』, 한국시조작품상, 오늘의시조시인회의 부의장

두렁박 타령

김덕남

봄날을 동여맨 채 바다를 끌어올렸지

뱃속의 핏덩이가 숨 막힌다 발버둥 쳐도

두렁박 하나에 매달린 알몸들이 떠올랐어

일곱에 헤엄 배워 열둘에 받은 두렁박

고픈 봄 외마디가 목젖까지 차오르는

비릿한 어질머리를 피붙인 양 껴안았어

꽁꽁 언 몸 버팅기다 휘유우 숨 틔우면

짠물 밴 주름살엔 너울이 따라왔지

일흔 살 그게 대수냐, 바다가 안방인께

2011년 국제신문 신춘문예 등단. 시조집 『젖꽃판』, 『변산바람꽃』, 현대시조100인선 『봄 탓이로다』

해녀, 꽃피다

김동관

제주에 핀 꽃들은 눈물조차 사치다

물질하는 어머니 슬픔이 찾아오면

깃 세운 파도를 넘어 먼바다로 향한다

망사리 가득 채운 테왁이 울먹이면

모질게 참아왔던 숨비소리 풀어놓고

밤새워 노래를 한다, 숨비기꽃 노래를

2011년 『나래시조』 등단

부표를 읽다

김민정

바다와 첫 상견례 후 거처를 옮겼는지
물결의 갈기 속을 제집처럼 드나들며
등줄기 꼿꼿이 세워 숨비소리 뱉는다

낡고 헌 망사리만큼 한 생도 기우뚱한
햇살 잘게 부서지는 물속을 텃밭 삼아
수평선 그쯤에 걸린 이마를 씻는 나날

손아귀에 움켜쥔 게 목숨 같은 것이어서
노을도 한 번씩은 붉디붉게 울어줄 때
등 푸른 고등어 같이 잠녀들이 떠 있다

1985년 『시조문학』 등단. 시조집 『누가 앉아있다』 『바다열차』 등, 수필집 『사람이 그리운 날엔 기차를 타라』, 평설집 『모든 순간은 꽃이다』 등

물질

김복근

바람 만난 구름이 무자맥질 시위하듯
거친 바다 물결 위에 테왁을 띄워놓고
여자는 나이 든 해일 주름살이 늘어난다

지나간 아픈 기억
가로 지른 빗장 풀고

바다를 기둥 삼아
서로를 탐한 결기

망사리 꿈을 채우듯
한 생애를 살아왔다

너 없는 그곳에서 나만 아는 숨을 쉬며
물과 뭍 감도는 해류 때맞춰 길을 열고
어제에 오늘을 더해 내일을 건져낸다

1985년 『시조문학』 등단, 시조집 『새들의 생존법』, 현대시조100인선 『클릭! 텃새
한 마리』, 동시집 『손이 큰 아이』, 논저 『생태주의 시조론』, 유심작품상 등 수상

테왁을 보다

김석이

햇살을 흔들어서 깊이를 따라간다

참고 있던 숨길에 세상은 곧추서고

중심은

바로 여기다

내가 놓인 이 자리

2012년 매일신문 신춘문예 등단, 2013년 천강문학상, 2014년 대은시조문학상,
시조집 『비브라토』 『블루문』

상처가 늙고 있다

김선희

종종대는 바람으로 기울어진 돌담 아래
낡은 집 처마 밑에 웅크리고 앉은 늙은 개와
물질을 막 끝내고 온 해녀들의 손이 있다

바다를 건져 올려 늘어놓은 마당 가에
꼭 그만큼의 관광객이 등대섬을 오르내리고
해조물 비릿한 몸을 펴고 있는 손이 있다

엉킨 미역처럼 바다를 껴안고 산
주름진 손등으로 건너오는 철든 봄이
그늘을 드리우고 있다, 상처가 늙고 있다

2001년 『시조세계』 등단, 이영도시조문학상 신인상 수상, 2010년 서울문화재
단 · 2014아르코문학상 문학창작기금 받음, 시집 『낮은 것이 길이다』, 시조집
『숲에 관한기억』 『늦은 편지』 등, 현 계간 『좋은시조』 편집장

하군 비바리의 사랑가

김성영

칠성판 등에 지고 혼백 상자 머리에 이고
눈 뜨고 저승 가서 숨 멈추고 숨을 품는
바당밭 쪽빛 아리랑 소못 소랑헴수다

물옷 입고 물질하는 평생 몸짓이 소랑춤인
상군 전설 할망이영 일등 중군 어멍이영
말똥만 보아도 웃는 나도 들멍 이여싸
맨호흡에 쉔눈 끼고 속 깊은 수심 어루만져
정게호미로 미역 캐고 빗창으로 전복 따서
테왁에 가슴 얹으면 숨비소리 구만리

딱 숨만큼 품은 소랑 망사리가 웃어주면
닻돌이 당실당실 해조음도 남실남실
이야홍 삼대 보자기, 고치 소랑헴수다

1996년 서울신문 신춘문예 등단

29

돌미역
— 해녀 엄마

김소해

못 적은 일기들이 하루 이틀 일생이면

갈바람에 잘 말려서 압축된 미역의 역사

뜨끈한 국에 풀리네 해녀 엄마 팔순 상

세파의 냉기류가 해류처럼 드세던 때

여럿 자식 기대고 살던 바위벽 엄마 마음

돌미역 뿌리를 박고 우린 맛을 못 잊네

1988년 부산일보 신춘문예 등단, 시조집 『치자꽃 연가』 『흔들려서 따뜻한』 『투 승점을 찍다』 등

해녀상象 앞에서

김수엽

그녀의 삶 무거울수록
더 깊이 가라앉아
속세의 아들딸 사연
줄줄이 쏟아놓으면
바다는
망사리 가득
소라 해삼 그 대답

숨죽여야 더 오래
숨 쉴 수 있는 그 세상
제주바다 곳곳에
펄럭이던 이 그림들
이제는
기계 소리에
희미해진 그 빛깔

내 웃음 저축할수록
더 늙어간 당신
이렇게 대평리에

단단한 꽃이 되어
괜찮다
내 귀에 대고
용기를 주는 이 봄날

중앙일보 연말장원, 경향신문 신춘문예 등단, 역류 · 율격 동인

파도 멀미

김양희

물질하고 돌아온
엄마 손에서 짠맛 난다

바다를 드나들며 일흔 해 절여진 섬

초저녁
누운 숨소리
파도에 출렁인다

제주 한림 출생, 2016년 『시조시학』 등단, 불교신문 문인에세이 연재 중

바다와 해녀

김연동

뒤척이던 해 하나를 순산한 아침나절
고운 이 손길 같은 미풍을 맞은 바다
밤새운 낮달을 끼고
몸을 열고 누웠다

해녀는 발기하듯 물옷을 입었다
한낮의 정사는 거품으로 부서지고
올가즘
휘파람 소리
소라
　　전복
해삼
　　멍게……

1987년 경인일보 신춘문예 · 『시조문학』 『월간문학』 등단, 시조집 『저문 날의 構圖』 『바다와 신발』(100인선) 『점묘하듯, 상감하듯』 『시간의 흔적』 『휘어지는 연습』 『바다와 신발』(증보판) 『낙관』 등, 시조 평론집 『찔레꽃이 화사한 계절』, 시조 칼럼집 『가슴에 젖은 한 수』, 중앙시조대상, 가람時調文學賞, 이호우 · 이영도 시조문학상 등 수상

칠성판 등에 지고, 혼백 상자 머리에 이고

김연희

멀리 외눈배기섬* 영등할망* 고이 모셔
풍어와 안녕을 지드림*으로 비손할 때
진상과 토호의 수탈에 두독야지*를 떠나네

낯설고 물선 칭따오 따리엔 도쿄 오사카
저 멀리 러시아의 블라디보스톡까지
이국땅 날 선 바다 떠돌던 내 어머니 네 누이

칠성판 등에 지고 혼백 상자 머리에 이고
젖은 물적삼 물소중이 불턱에 쬐고 또 쬐어도
사무쳐 서러운 앙가슴 제주바당으로 무너지네

* 외눈배기섬: 영등할망이 산다는 섬(강남천자국으로도 불림).
* 영등할망: 해녀의 물질과 어부의 어로 활동의 안전과 해산물의 풍요
  를 관장하는 신.
* 풍어와 안녕을 지드림: 새해 첫 물질을 시작할 때 밥이나 쌀을 종이로
  싼 후 실로 묶어 바다에 던지는 것.
* 두독야지: 한라산의 별칭.

2016년 부산일보 신춘문예 등단 , 2015년 중앙일보 시조백일장 월장원, 2013년
제2회 '님의침묵 전국백일장' 차상 수상, 유심시조아카데미 · 정음시조 동인

해녀콩꽃

김영란

낙태한 아이를 버린 분홍빛 고쟁이같이

소로도 못 나면 여자로 나는 거라고 하늘에 해 박은 날
이면 칠성판 등에 지고 제 생을 자맥질하듯 저승까지 넘
나들던, 어미 팔자 대물림 딸에게 이어질까 몸 풀고 사
흘 만에 속죄하듯 물질 가던,

어머니 애간장 녹아 전설처럼 피어난 꽃

2011년 조선일보 신춘문예 등단, 2015년 「오늘의시조」 신인상, 시조집 「꽃들의 수사修辭」

똥군해녀

김영순

바다는 그 무엇도 숨기지를 않는다
하루에 두어 차례 밀물이 오가는 것은
화수분, 조간대 밥상을 차리는 것이다

상군해녀 못 되어 갯가나 지키는 거다
"양, 이리들 나옵써 성게랑 건들지 맙써"
내 손에 오분작 하나 딸깍 떼어 건넨다

길가로만 내달리는 숨비소리 곁에 앉아
종일 먼 사랑을 당겼다가 놓았다가
일곱물 애뻴레바다 당겼다가 놓았다가

2013년 영주 신춘문예 등단, 시집 『꽃과 장물아비』

아름다운가, 숨비소리

김영철

바다는
더 젊어지는데
몸은 납보다 버겁다

새끼들의 젖이 되고
사내의 술 되어 준

물숨과
들숨 사이의

희고 가는
쉰 소리

2007년 『자유문예』(시) 등단, 2011년 『한국동시조』· 2012년 『시조시학』(시조) 등단, 시조집 『붉은 감기』 『다문화학개론』, 동시조집 『마음 한 장, 생각 한 겹』 『비온 뒤 숲속 약국』

모질도毛乽圖 숨비소리 · 2

봉집 김용채

살면서 죽는 소리* 너울 끝에 멍울 든다
칠성판 등에 지고 혼백 상자 머리에 이고
저승 밭 깊은 고랑에 한 생애를 묻는다

바람을 삼킨 파도 잘디잘게 부서질 때
항굽싸는 잠지패기 쌍돛대를 올리는데
뿔 높은 하얀 꽃사슴 귀밑볼이 붉었다

궤삼봉 싹 튼 불턱 타오르는 불꽃 너머
물마루 섬긴 버시 가쁜 숨을 몰아쉬며
호오잇! 가시어멍아 고냉이 잠 깨울라

보제기 놀던 자리 노을 띠를 풀어 놓고
모질도 마당귀에 나비 없는 꽃이 되어
몽당붓 지그시 눌러 점 하나를 찍는다

* 살면서 죽는 소리: 숨비소리. 고훈식 「제주바다여 영원하라」에서 차용.

농민신문 신춘문예 등단. 계간 종합문예지 『문학의식』 공동대표. 시조집 『숭어,
뛰다』

구룡포에 들다

김윤숙

섬만 잠시 떠나도 바다에 또 끌리는지
어제는 어머니 기일 서울에서 보내고
무작정 떠내려 왔다
동해안 파도로 왔다

포항 건너 구룡포 테왁처럼 뜬 마을
무심한 바람결에도 숨비소리 배어난다
자맥질 끝낸 바다에 사투리로 내리는 눈

마늘 접 엮어놓듯 바람집 과메기 덕장
해풍에도 햇살에도 바짝 한번 못 말라 본
한 접시, 붉은 그리움 장밋빛 속살이여

아직도 안 오시네, 원정물질 어머니
춘궁기 전도금을 일수 찍듯 갚으시나
저 바다, 수경을 벗고
이 세상에 오시라

2000년 『열린시학』 등단, 시집 『장미 연못』, 시선집 『봄은 집을 멀리 돌아가게
하고』 등, 시조시학 젊은시인상, 한국시조시인협회 신인상 수상

제주해녀 애가

김윤숭

위에는 거친 파도 아래는 깊은 적막
포도청을 위하여 가족 생계 매달고
여인의 질긴 명줄은 용왕님께 맡기고

별주부는 용궁 갔다 혼비백산 돌아오고
해녀는 바다 깊이 용궁 문앞 가봤을까
그래도 바다 밑은 싫어 이어도에 가련다

넋을 잃은 혼줄들 마디마디 매듭지어
바다에서 건져 올려 하늘가에 걸어놓고
진혼가 듣는 둥 마는 둥 인류유산 찬양하네

『시조문학』 등단, 지리산문학관장, 한국시조협회 부이사장, 한국시조문학진흥회 부이사장, 나래시조시인협회 부회장, 한국시조시인협회 이사

숨

김임순

사는 길,
숨통의 고를 막는 물의 시간

심연의 또 한세상
자맥질은 끝이 없고

제 온몸
기꺼이 내준
바다 식솔 입을 닫네

소로도
못 태어난 여자의 울창한 한恨

호오이, 숨비소리
먼 섬들을 깨우고

해녀는
바닷속 그곳

숨 쉬는 집이 있다

2013년 『부산시조』 『시와 소금』 등단, 공무원문예대전 안전행정부장관상 수상, 연암청장관상 수상, 시조집 『경전에 이르는 길』

어머니의 망사리

김정

한 때는 잘 나가던
바다의 딸이었다며

이제는 뭍에 나와
물질이 생이었다며

한라봉
따 담는 앞치마
숨비소리
내고 있다

경북 안동출생, 동의대 대학원 국어국문학과졸업, 2004년 『현대시조』 등단, 시
조집 『맨발로 온 여름』 등, 을숙도문학상, 2016 현대시조문학상 수상

인어 이야기

김정숙

파도가 밤새우는 가파도 늙은 골목길
그 누가 사시는가
남녘 바다 아가밀 달고
해풍에 그을다 터진
고무옷이
걸렸네

물에 뿌리를 두면 내 식구 젖지 않을 거야
웃음도 눈물도 검은 옷 마법에 걸어
저승길 다녀오면서
휘파람 숨
뱉는 이

사랑을 몰랐더라면
어이 어이
이어도사나
멀리 보면 풍경도 들어서면 물속의 길
물질로 누빈 생애가
한 땀 한 땀

찰랑여

2009년 매일신문 신춘문예 등단, 시집 「나도바람꽃」

푸른 불새

김정해

두고 온 품속에서 뒤척이며 잠이 들다

새 하늘은 불그레한 살결로 그를 맞는다

눈 뜨면 불새가 되고 바다가 되는 그녀

파도는 손뼉 치고 갈매기 신난 아침

얄궂은 바다에 산 그 삶엔 꿈이 있어

오늘도 승리를 위해 투신하며 숨 모으다.

2001년 『시조시학』 등단. 시화집 『 한국중진화가선집』 『13월의 사랑』 등

숨비소리

김종영

1.
길들지 않는 바당 또 다른 경작지에
힘든 생 지탱하는
테왁 하나 떠오르고
가난한 두려움이 묻은
숨비소리
저 소리

오래 참는 숨길만큼 깊어지는 앞바다
세파를 거스르던 기억이 옅어질 때
저 섬은
뭍의 무게 벗고
물옷으로 갈아입는다

2.
지느러미 잘린 인어
빌딩 숲을 물질하다
그대는 이제 가고 그리움만 남아서
좌판에 널린 해산물

거친 생이 씹힌다

2011 경남신문 신춘문예 등단, 시조집 『탁란시대』, 한국시조시인협회상 신인상,
영남문학상 등

물숨

김주경

내가 펼친 풍경은 늘, 바다의 바깥이었네
물결 따라 출렁이는 테왁들의 점묘화나
한 장의 수채화로 번지는
수평선 끝 노을 같은

몇 봉의 뇌신으로 이명을 다스리며
함부로 뜨지 마라 납덩이에 매달린
그녀의 무자맥질은 눈물겨운 절정이네

거꾸로 서야만 닿는
바닷속 푸른 텃밭
수초처럼 흔들리며 갈퀴의 날을 세워
한 톨의 알곡을 줍듯
건져 올리는 바다

전복 소라 맵찬 씨알
손 뻗으면 잡힐 듯해도
한계를 넘어가는 욕심은 멈춰야 해
순식간 덮쳐오는 물숨

형체 없는
길로틴이네

2004년 『시선』(시), 2013년 경남신문 · 『서정과현실』(시조) 등단, 시조집 『은밀한
수다』

숨 1

김진숙

순비기 질긴 심줄로 배운 것이 물질이라
하루에도 몇 번씩 끊어질 듯 넘어갈 듯
물숨을 이기고 돌아온 자맥질이 아득해

마음 다 쏟아놓으니 가난도 가벼운걸
세상이 바다였고 바다가 전부였던
고모님 테왁망사리 물고 가는 새떼여

'밥'이라 크게 쓰고 '숨'이라 뱉어본다
바다의 법을 따라 죽어야 다시 사는
이만한 세상 없더라, 하늘도 바다더라

2006년 『제주작가』 · 2008년 『시조21』 등단, 한국시조시인협회 신인상 수상, 시
집 『미스킴라일락』, 영언 동인

등대

김진희

홀쩍이는 바다에서 혼자 핀 별꽃처럼

등대는 외로운 그대 비추는 별이라고

배 떠난 모슬포항은 파도 살에 뒤척입니다

얼마나 많은 빛을 쫓아서 자맥질할까

홀로 깊어가는 내 안의 숨비소리

멀리서 비추는 당신 온몸으로 느낍니다

1997년 경남신문 신춘문예 등단, 시조집 「내 마음의 낙관」 「슬픔의 안쪽」, 경남 시조문학상, 성파시조문학상 수상 , 현)경남시조시인협회 회장

물의 길

김차순

두 손을 받쳐 들고
파도 살 헤적이면

똬리 튼 물안개의
안개등 밝아오고

숨비로 추임새 넣는
바다의 별이 된다

두꺼운 물길 질로
바다에 길을 내면

전설 속 용궁 나라
파도타고 나올까

검푸른 저, 주상절리
내 안의 섬이 된다

2001년 『시조문학』 등단, 한국시조시인협회, 경남문인협회, 경남시조시인협회, 마산문인협회, 이어도문학회 회원

숨비소리, 수평선 흔들다

김춘기

섣달에도 꽃이 핀다,
검푸른 물밭 위에
망사리 진 상군 할망
발걸음 잰 가파도
금채기 끝난 포구에 테왁 꽃이 만발이다.

남편이고, 자식이고, 친구이던 평생 일터
여름에도 겨울인 삶
눈물은 가슴에 묻고
바다가 목숨이라며, 바다처럼 웃던 당신

꽃샘바람 눈설레도 가던 발길 멈추고
섬 혼자 종일토록 먼지잼에 젖던 그날
이어도 썰물 길 따라
별이 되어 떠나셨죠.

가족을 등에 지고 오늘도 낮아지는
물의 근육 일렁이는 파도의 늪 헤치는
어머니 숨비소리가

수평선을 흔들고 있다.

2008년 국제신문 신춘문예 등단

섬 하나

김희운

어머니
비명소리
내 귀엔
숨비소리

밤새 자맥질했나
땀꽃 핀
해녀 살결

제주시 변두리 의원 구급차에 실려 간다

2004년 『시조시학』 등단, 제주시조시인협회 회장

잠녀의 신화

노창수

칼바람 쇠를 휘몰고
집채 파도가 울었다

천 년 설빙에 길 끊자
한 부표 생을 걸었다

물 맥질
자아낸 휘파람
탐라 시대를 깨웠던

『현대시학』(시) 추천, 광주일보 신춘문예(시) 등단, 『시조문학』 등단, · 『한글문학』
및 대학신문(평론) 등단, 시조집 『슬픈 시를 읽는 밤』 『조반권법』 『탄피와 탱자』
등

숨비소리
— 물의 여자여

문경선

짜디짠 물살 속에
피어나는 물의 꽃

아낌없이 주고도 또 방생하는
너른 품에 살아라 너는
지느러미 펼치며
동해로 대마도로 물질하던 어머니처럼
물길을 오가는 몸이 곧 삶이거늘
참았던 긴 숨이 노래되듯
가슴에 품고 온 달
겨울 바다 안물에 띄우는
당신 있어 바다가 아름다운 날

촉촉한
물의 언어가
비백飛白으로 빛난다

2013년 『정형시학』 등단, 시집 『더 가까이』

섬
— 제주도

문수영

구름 위에서 보았을 때
해무에 싸여있었다
첫날밤 신부인 양
꿈속의 첫사랑인 양
치마를 들썩이면서 베일 벗는 은세계

한라산을 오른다
산 업은 바닷바람
한겨울에도 매화가, 동백이 피어있네
소음도 비껴가는 곳, 외벽을 두른 듯

돌하르방 부릅뜨고 동구 밖 지키네
해녀 누이 그리면서 물회 한 입 삼킬 때
어디서 날아왔을까?
휘파람새 한 마리

2005년 중앙신인문학상 등단. 시조집 『푸른 그늘』 『먼지의 행로』 『화음』 『눈뜨는 봄』, 영언 동인

갯무꽃

문순자

구엄리 갯무꽃은 혼자 피고 혼자 진다
툇마루 걸터앉은 구순의 내 어머니
한 생애 끌고 온 바다
처얼~썩 철썩 처~얼썩

대물릴 게 없어서 바다를 대물렸나
비닐하우스 오이 따듯 덥석 따낸 해녀증
큰 올케 노란 오리발
허공을 차올린다

삼월 보름 물때는 썰물 중의 썰물이라
톳이며 보말 소라 덤으로 듣는 숨비소리
한 구덕 어머니 바다
욕심치레 하고 있다

1999년 농민신문 신춘문예 등단. 시집 『아슬아슬』 『파랑주의보』 『왼손도 손이
다』 등

해녀

문희숙

까마귀 한무리가
검은 하늘 끌어온다
터벅터벅 기린을 몰고
그녀는 노을로 선다
햇빛에 가려진 길이
하나둘 일어난다

기린의 목에서도
등불처럼 별은 돋아
파도 너머 먼 집이 그렁그렁 맺힌다
그녀가 휘파람 불며 바다를 턴다
꿈이다

1996년 중앙일보 지상백일장 연말장원 등단, 젊은시조시인상, 초정문학상 수상,
시조집 『짧은 밤 이야기』 『둥근 그림자의 춤』, 논문 『정완영 연구』

해녀

박권숙

섬의 뜨거운 품 어디선가 튕겨 나온
바람구멍 숭숭한 검은 돌의 울음들이
귀먹고 눈먼 하르방 가슴속을 깨우고

그 울음의 울음들이 저승할망 아궁이
눈 흡뜨고 죽은 혼령 눈물까지 번져서
한라산 다홍 철쭉꽃 잉걸불로 타는 봄

그 쓸쓸한 울음의 울음들이 번져서
마침내 호오이 호이 숨비소리로 타오를 때
바다의 환한 속살에 내 손 닿을 수 있다

1991년 중앙일보 중앙시조백일장 연말장원, 중앙시조대상, 이영도 시조문학상,
노산시조문학상 등 수상, 시집 『모든 틈은 꽃핀다』 『뜨거운 묘비』 등

가시 加時
— 숨비소리

박기섭

그냥저냥 몇 년 세월 덤으로나 준 것 말고
내 열 살 적 눈 맞춰 둔 소꿉 색시 데려다가
한라산 중산간쯤에 돌솥 하나를 건다면?

하 기다린 죗값으로 가시 울을 친다 해도
겹겹 잣담 밖에 불잉걸을 둔다 해도
다저녁 돌아온 봄빛에 겨운 몸을 맡길 뿐

내 안의 먹뻐꾸기 물고 갔다 물고 온 것,
드러난 실밥이면 드러난 채 그냥 두고
그 남루 그 적막 받아 가시 加時에나 가서 살리

1980년 한국일보 신춘문예 등단 , 시집 『키 작은 나귀타고』 『엮음 愁心歌』 『달의 門下』 『角北』 등

위미 동백

박명숙

동백이 한 잎씩 제 몸을 열 때마다
파도도 한 자락씩 제 팔을 벌린다
한 구비 붉은 파도가 한 송이 꽃을 받는 섬

핏물 밴 숨비소리 평생을 길어 올리며
마을의 동백숲이 숯불을 지피는 날
물중중 이랑 헤치며 어머니도 돌아오신다

하늘과 물의 넋이 따로 살지 않아서
천둥도 해일도 한목숨으로 돌아드는데
위미리 동박낭 강알*마다 벽력같은 꽃이 핀다

* 동박낭 강알: 동백나무 가랑이

1993년 중앙일보 신춘문예(시조) 등단, 1999년 문화일보 신춘문예(시) 등단, 중
앙시조대상 등, 시집 『은빛 소나기』 『어머니와 어머니가』 등

제주해녀의 시詩

팽팽하게 당겨지는 수평선을 바라보며
물에서 건져낸 해 중천에 걸어놓고
경계를 들락거리며 보석들을 캡니다

날 세운 물굽 아래 길 내고 굴을 뚫는
채굴에 휘인 허리 숨비소리로 날리며
한목숨 부린 바다에서 또 한 생을 건지죠

1985년부터 무크지 『일꾼의 땅』 『민의』 『실천문학』 등단. 시조집 『너무 큰 의자』
『붉은 장미』 『시옷 씨 이야기』, 현대시조 100인선 『꽃에 집중하다』, 동시조집 『우
리 속에 울이 있다』 등, 한국시조시인협회상(신인상) 수상

물풀이 흔들릴 때

박복영

개울물 돌 틈에 송사리 물구나무서서

힘껏, 지느러미 파닥이며 바닥 찾아

물었다 놓는 모래알이 모서리를 궁글리 듯

거꾸로 선 무수한 발길질의 안간힘이

허리에 찬 납줄에 숨었을 생계여서

침침한 바닷속 깊이는 두려움이 되지 않아

얼굴에 새겨지는 파도의 지문들이

허기진 햇빛 찾아 바닥 짚고 일어서면

한 모금 베어 문 숨비소리 차가워진 생을 덥힌다

1962년 전북 군산 출생, 1997년 『월간문학』 · 2014년 경남신문 신춘문예(시조) · 2015년 전북일보 신춘문예(시) 등단, 천강문학상시조대상, 성호문학상, 시집 『낙타와 밥그릇』 등, 시조집 『바깥의 마중』 오늘의 시조시인회의 · 전북작가회의 회원

할머니 해녀

박성애

제주 물길 가르면
내 꿈의 물길 열리고
갈매기의 노래는
나의 노래가 된다
시간의 역사 위에서
4·3 마저
섬이 된다

내 삶의 기쁨이
숨어 사는 물길 사이
잊혔던 언어들이
한꺼번에 일어서고
할머니 숨비소리가
명치끝에
파랗다

광주대학교 문예창작과 대학원 졸업, 2007년 『시조시학』 등단, 시집 『새 백악기의 꿈』, 사)담양문인협회 회장역임, 재능시낭송협회광주지회장역임

고내포구 비파소리

박수근

만삭의 두렁박을 두리둥실 띄워놓고
인어인 듯 물개인 듯 정체 모를 누군가가
선율도 장단도 없이 무자맥질 한창이다

야청빛 해조음이 다리품 파는 한낮
때늦은 태동인가, 기별 못 한 산통인가
동심원 물너울 뚫고 물아치*가 솟는다

이승 저승 갈림길을 문턱인 양 넘나들던
심줄 같은 그 숨통이 끊어질 듯 토해내는
호오이! 비파소리가 요강터*에 녹아든다

* 물아치: 돌고래 일종인 상괭이의 다른 이름.
* 요강터: 제주 고내바다의 옛 이름.

2017년 경상일보 신춘문예 등단

물숨

박영식

뭍에서 태어나서 바다 딸로 산다는 건
허락된 요만큼만 들숨 참아 뱉는 연습
욕심을 못 자른 날엔 봉분 한 채 떠간다

납덩이 무게만큼 갈앉는 세상 근심
물갈퀴 흔들어도 수심은 알 수 없고
귀 먹먹 터질 것 같은 조여 오는 물속 삶

흐린 날 바람 불어 문간에 선 늙은 해녀
이명의 숨비소리 그를 데려갔는지
사나운 파도 자락만 검은 암벽 내친다

1985년 동아일보 신춘문예 등단, 서재 〈푸른문학공간〉

제주 마지막 해녀의 꿈

박옥위

태생이 바다이고 배운 것이 물질이라
배운 글은 없어도 물일만은 다스리오
섧게도 살아온 목숨 후회는 하지 않소

지상의 모든 밭은 씨 뿌리고 거두지만
가꾸지 않아도 화려하다 바다의 밭
캐어도 건져 내어도 만장 열린 보물창고

제주도 해녀는 천하 없는 명인이요
연안을 일터로 삼아 자식 양육 하면서
휘이익 숨비소리로 바다를 다독여 안고

당대 마지막 해녀 할머니는 꿈을 꾸오
바다는 지아비요 바다 생물이 효자로다
'의원님 비바리학교 지어보심이 어떠하오'

1965년 『새교실』(시) 등단, 1983년 『현대시조』 『시조문학』 등단, 시집 『들꽃 그 하얀 뿌리』 『플룻을 듣다』 등, 성파시조문학상, 이영도시조문학상, 김상옥시조문학상, 부산문학본상, 부산여성문학상, 부산가톨릭 문학상, 한국해양문학상, (사) 한국시조공로상, '문화공간 숲' 대표

집 한 채

박지현

집 한 채 걸어가네
누런 띠줄 동여맨
테왁망사리 등짐 진 내 어머니 걸어가네
한사코
그 몸짓임을 저 바다는 알고 있네

불턱에 모인 몸들
세찬 물결 감추네
검정 물옷 속내가 다 해지고 부르터도
솟구친
숨비소리는 보름달로 떠오르네

2001년 서울신문 · 부산일보 신춘문예 등단, 시조집 『못의 시학』 『미간』 『저물 무렵의 시』 『눈 녹는 마른 숲에』, 시조평론집 『우리시대의 시조, 우리시대의 서정』 등, 이영도신인문학상, 청마문학상신인상 수상 등

지구에 매달려서

박홍재

테왁 줄 질끈 묶어 지구 한쪽 걸어놓고

매달려 매달려서 생의 끈 놓지 못해

놓으면 끊어질까 봐 숨비소리 다시 맨다

경북 포항 기계 출생, 2008년 『나래시조』 등단, 시조집 『말랑한 고집』

내 이름은 해녀

박화남

뾰족구두 벗어 던진 맨발의
혁명처럼

불빛을 움켜쥔 채 펄럭이는
전사처럼

먼바다 허물을 벗겨

알몸으로

걸
어
가
는

2015년 중앙신인문학상 등단

긁다

박희정

바다의 역사, 인간의 역사를 물길 손길로 풀어내는 그녀

묻지도 따지지도 않고 첨벙 바다에 뛰어들어 보일 듯 보이지 않는 바닥 드맑게 긁어 입맛 밥맛 돋구는, 연신 씀벅대는 파도의 이력을 공기 줄로 써낸 저 잠수潛嫂

애당초 침잠해야 할 당신은 지상의 애먼 바닥만 긁고,

2002년 서울신문 신춘문예 등단, 오늘의시조시인상, 중앙시조대상 신인상, 청마문학상 신인상 등 수상, 시조집 『길은 다시 반전이다』 『들꽃사전』, 현대시조 100인선 『마냥 붉다』, 시 에세이 『우리시대 시인을 찾아서』

해녀콩

배경희

남편을 삼켰거나 큰아이를 삼켰던

바다의 물살에 헛물질하던 시간들

사는 게 왁왁호다며 토끼섬을 찾아갔다

해녀콩을 삶아서 입에다 쏟았지만

기다리는 노모가 발길을 붙잡는다

목숨이 이어이어서 검푸르게 질겨졌다

청원 출생, 2010년 서울신문 신춘문예 등단, 시집 『흰색의 배후』

딱 한숨

배우식

해녀는 바닷속에서
숨 쉬지 않는다.

딱 한숨에 바닷속의 빛,
다 모아 떠오른다.

해 되어
솟아오르는 해녀,
그녀의 햇빛 환하다.

2009년 조선일보 신춘문예 등단, 시집 『그의 몸에 환하게 불을 켜고 싶다』, 시조집 『인삼반가사유상』, 시조선집 『연꽃우체통』 등

숨비소리, 그녀

백순금

신음소리 절절 끓던 고통스런 밤을 지나
테왁에 몸을 던져 물질하는 아낙네
휘어진 저 숨비소리
제주해녀 요망지다

내 어머니의 어머니가 차례로 걷던 물속
거친 포말 부서져도 살찐 봄 담고 담아
짜디짠 등대의 불빛
그녀 등을 훔친다

웃자란 해초 비켜 미끄덩한 물길 따라
거꾸로 걸어야만 바르게 살 수 있다고
윤슬도 엇각 그리며
바다를 캐고 있다

1999년 『자유문학』 등단, 한국문인협회 · 한국시조시인협회 회원, 경남문인협회
이사, 경남시조 부회장, 시조집 『세상의 모든 것은 배꼽이 있다』

짙은 수다

변현상

지느러미 힘찰 때는 앞바다가 비좁았던 가도 가도 서
쪽인*
서귀포가 고향이라는 아지매 펼친 좌판에 아가미만 남
았다

'내는 니캉 살고 싶다!'

사내의 허풍에 빠져 경상도 해녀가 된 연속극 같은 40
여 년
'탕 탕 탕' 산 낙지 다리 꿈틀대는 저 수다!

주고받는 말ㄹ의 꽃밭 이기대* 해녀막사
술잔 채워 건네는 아저씨를 향한 마음
돌 멍게
물집 터지듯
'깔깔' '껄껄'
피고 진다

* 이홍섭의 시 「서귀포」에서 따옴
* 이기대: 오륙도가 보이는 부산 남구의 해안

2009년 국제신문 · 농민신문 신춘문예 등단, 대표단시조 「쪽빛 하늘 바라보다」

숨

서연정

노여워 부끄러워 벅찬 숨이 설운 날

생사 극점 오가며 핀 바다꽃을 바라보네

어둠의 오지랖 찢고 빛을 옮킨 숨비소리

중앙일보 지상시조백일장 연말장원, 서울신문 신춘문예 등단, 작품집 『먼 길』
『문과 벽의 시간들』 『무엇이 들어 있을까』 『동행』 『푸른 뒷모습』 『광주에서 꿈꾸
기』

이어도

서석조

깊이를 모르거든 전설로나 남겨두라
물과 뭍 어름에는 부표 하나 띄워놓고
근근이 오금을 펴다 물너울에 걸리는 하루

돌아올 기약 저쯤 숨비소리 풀어내고
시리고 저린 걸음 구들목을 파고들 때
이어도 이어도사나 불침번을 서는 결기

아무려면 얼붙으랴 도저한 파랑지문
멀고 먼 북천이 보석별로 뜨는 밤에
무연한 아귀 한 마리 경계망 갉는 소리

2004년 『시조세계』 등단, 한국해양문학상, 시조시학 젊은시인상, 경남문학우수
상 수상, 시조집 『바람의 기미를 캐다』 『매화를 노래함』, 기행시조집 『별처럼 멀
리 와서』, 현대시조 100인선 『각연사 오디』

그 여자의 바다

서숙희

그가 불렀네
악마처럼 입을 벌리고

퍼렇게 넘실대는 주술에 사로잡혀
거꾸로 곤두박질하며
한평생을 던졌네

그곳은 차라리 아름다운 무덤 같은 곳
발 없는 목숨들이 형형색색 몸짓하며
저 바깥 한 세상살이
잊으라 잊으라 하네

바람 속에 던져둔 알몸의 그리움이
검은 돌담 속에서 저 혼자 울면은

이어싸 이어도사나
그가 불러 나는 또 가네

매일신문 · 부산일보 신춘문예 등단, 백수문학상, 김상옥시조문학상 등 수상, 시집 『물의 이빨』 등

해녀, 어머니

서일옥

그녀의 이름은 위대한 어머니였다

이승과 저승 사이 숨비소리 띄워놓고

목숨값 벌어오는 날 걸음이 가벼웠다

화닥화닥 아픈 상처 검버섯 바람 흔적

늘어난 주름살도 일생의 훈장이라며

유채꽃 노란빛으로 환히 웃던 그 할망

1990년 경남신문 신춘문예 등단, 시조집 『영화스케치』등, 가람시조문학상 수상 등, 현재 경남문학관 관장

세이렌

서정택

그녀를 처음 만난 건 4 · 3 그, 직후였다
갯바위에 묻어 있는 노을 젖은 머리칼
신화 속 먼 돌담 넘은 이야기를 닮아 있다

휘파람 긴 소리에 넋이 나가 물에 빠진
진 죄 없는 꽃잎들이 제주 뜨지 못하고
어쩌면 잠녀의 피와 살이 된 건 아닐까

깊을수록 뱃물질은 울음 달랠 진혼굿
춤사위에 이끌려온 땀방울이 뜀 때마다
내뱉는 숨비소리에 동이 트곤 했었다

2006년 농민신문 신춘문예 등단, 2011년 나래시조문학상 수상, 2013년 중앙시
조대상 신인상 수상, 현대시조100인선 『벚꽃의 국적』

누가 언제쯤이면 이 후라이를 뒤집나?

서정화

수경 저, 시선 너머에 누군가 웃고 있다

백록담 입맛 다시며 혓바닥으로 핥아대며 젓가락 끝으로, 커다란 노른자를 꿀꺽, 받아 삼키려고 하는 찰나, 놀라서 펄쩍 뛰며 달리는 조랑말이 있다, 밭에 몸 숨기고 벌겋게 우는 홍당무가 있다, 실눈 뜨고 공포에 질린 갈치가 있다, 잿빛 거품 부딪치며 물질 나선 해녀가 있다, 가난한 그들의 가슴 혈관을 마구 줄달음친다, 제주도 온몸을 들볶고 있는 낯선 갈림길 사이

그 누가 언제쯤이면 이 후라이를 뒤집나?

2007년 白水 정완영 전국시조백일장 장원, 『나래시조』 등단, 시집 『나무 무덤』 『유령 그물』, 현대시조 100인 선집 『숲 도서관』

강물 홀로 아리랑
— 낙동강 · 522

서태수

제주도 앞바다에 물질하는 저 해녀야
이 세상 온갖 소식 한데 섞인 조류 속에
어머니 젖 내음 배인 탯줄 하나 찾았느냐

갯바위 깊숙한 골 웅크린 여울목에
6 · 25도 4 · 3 아픔도 낱낱이 스며 있어
해삼도 소라 전복도 휘어감은 물줄기

한라산 제주에서 난류에 엮어 가다
태백산 낙동강물 너도 가자 칭칭 동여
백두산 두만강물을 독도에서 맞게 하라

남북을 오르내리는 동해바다 맑은 물에
헝클어진 머리 감고 맞손 잡고 일어서서
반도의 용오름 되어 아침해를 솟게 하라

1991년 『시조문학』 등단, 2006년 『한국교육신문』(수필) 등단, 낙동강 연작시조
500여편, 성파시조문학상 외, 전통 창작 수필집 『조선낫에 벼린 수필』 등

절영도 12
— 해녀탈의장

손증호

바다 바닥 훑어 봐도 망사리는 차지 않고
제 몸길 못 벗어난 막막한 길에 매여
태종대 해녀탈의장 폐선처럼 기우는데

잠수병 덫에 걸려 헐떡이는 몸뚱어리
무지근히 퇴적하는 숨비소리 부려놓고
온 삭신 더 쑤신다며 검은 물옷 벗는다

가슴이 먹장인 줄 새끼들이 어찌 알까
한평생 무레질로 버텨온 늙은 해녀
그래도 다 괜찮다며 바다 짚고 일어선다.

2002년 「시조문학」 등단, 부산문학상 우수상, 부산시조작품상, 전영택문학상
등, 시조집 「침 발라 쓰는 시」 「불쑥」 「달빛의자」 등

엄니의 바다

송유나

망사리, 둥근 테왁, 수면 가득 꽃 띄우고
천길 인지, 만길 인지 바당 속 길을 연다
내쉬는 숨비소리에 하늘 한끝 기우뚱하다

깊어진 깊이만큼, 덧난 상처 아픈 만큼
물아物我의 경계 틈새 가쁜 숨 몰아쉴 때
휘어져 흔들린 자리 뿌리 깊은 수초였지

엄니 그늘 드리워진 노을빛 베고 잠들었나?
올 것 같아, 올 것만 같아 눈물 그리 훔치면서
물길 속 빠져든 그날, 엄니 다시 떠올랐지

경기 화성 출생. 2008년 『월간문학』 등단, 설록차문학상

제주해녀

신춘희

가족을 먹여 살리다 얻은 것은 굽은 등
그 등의 이웃 사촌인
바다, 테왁, 숨비소리……
그리고 천형의 호칭
해녀,
잠녀,
비바리

물질을 하다 보면 이어도를 보게 된다
삶과 죽음이 마침내 당도하는,
피안의 서러운 영지
아득해
가슴 저미는,

1985년 『월간문학』 등단, 시집 『풀잎의 노래』 『득음을 꿈꾸며』 『중년의 물소리』 등, 울산시문화상(문학부문) 수상

해녀 김삼순

신필영

설친 잠 뒤끝에도 새벽은 서둘러 와서
노을 손이 피워내는 바다는 물너울 꽃
그 갈래 깊숙이 들어
꿀 따오듯 물질한다

납덩이 감은 허리 그런 무게 얹힌 나날
마음 한껏 기울이며 물의 계단 내려선다
닫힌 문 하나씩 열며
젖은 몸을 재우치는

바람이 일러주고 바다가 허락한 길
제 손으로 삼 가른 새끼 눈 붉게 키워내고
우가포 파랑에 기대
늙어가는 고래 있다

1983년 한국일보 신춘문예 등단, 시조집 『우회도로입니다』 『달빛 출력』 등

해녀

양점숙

방울방울 피어오르는 어린것의 옹알이가
용왕님의 움딸 망사리에 가득해
이여싸, 아! 져라져라, 이여싸 져라벡여

제 설음 흘리고 간 너울의 무늬 속엔
세월 그 반쯤도 찜질한 눈물이라
호오리 "이여도사나, 이여싸 이여도사나,

할망의 숨비소리 바람꽃을 닮아서
가뿐 무자맥질로 하루치 삶을 전하고
수평선 정 많은 해녀 아직 호오리 호오이

현대시조 100인선 『꽃 그림자는 봄을 안다』 『아버지의 바다』 등, 한국시조시인
협회상, 전북문학상, 가람시조문학상 등 수상, 가람기념사업회 회장

어멍의 바다

염창권

돈짓당 아랫길은 바다의 계단이다
바람꽃 부옇게 핀 수평선이 다가서고
영등신 오시는 길엔
유채꽃이 노래졌다

오늘도 바다는 어린 몸국 끓이는지
문을 열면 몸 안에서 바닷물이 출렁인다
모자반 붉은 타래 밭
물길 속에 흔들린다

― 저 바닥에 물구멍이 보이네, 물숨 잦네 한 해 두 해
주름진 몸 파도가 들어차네 살 냄새, 절인 바다가 뭍을
향해 철썩이네

노을빛을 따라온 발동선이 쿨럭인다,
빨랫줄에 내걸리는 어멍들의 젖은 몸
어촌계 수족관에서
봄 하루가 저문다.

1990년 동아일보 신춘문예 등단, 시조집 『햇살의 길』 『숨』 『호두껍질 속의 별』,
한국시조시인협회상, 중앙시조대상

그리운 붉바리

오승철

파장 무렵 오일장 같은
고향에 와 투표했네
수백 년 팽나무 곁에 함께 늙은 마을회관
더러는 이승을 뜨듯 주섬주섬 돌아서네.
돌아서네 주섬주섬
저 처연한 숨비소리
살짝 번진 치매낀가 어느 해녀 숨비소리
방에서 자맥질하는 그 이마를 짚어보네.

작살로 쏜 붉바리 푸들락 도망친다고
팔순 어머닌 자꾸
허공을 겨냥하지만
결국엔 민망해져서 피식 웃을 뿐이지만
어디로 떠났을까
몽고반점 그 고기는
마지막 제의祭儀이듯 물질을 끝냈을 때
한 생애 뗏국 같은 일 초경처럼 치른 노을

1981년 동아일보 신춘문예 등단, 시집 「터무니 있다」 등

바다 위에 테왁들이 둥둥 뜨는 날은

오영호

1
바다 위에 테왁들이 둥둥 뜨는 날은
해녀들 쌍돛대를 그리며 물질하는 날
ㅎ오이, 숨비소리에
이·저승이 보인다

2
오늘은 재수가 대통한 날인 거 *담쓰다.
소라영 전복이영 해삼 아니 물꾸럭까지, 잘도 하영 잡
아 신게 마씀. 지난밤 돼지꿈이나 꾼 생인 디 양. 꾸긴
햇수다. 돌아가신 어머님을 만나십주. 전복이영 소라영
그득하게 담긴 망사리를 나에게 줘 던 갑다. 고생고생
만 허당* 돌아가신 우리 어머님 생각도 나고, 어머님이
가끔 불렀던 노래도 생각 남수다. 그거 한 번 들어 봅주.
"부끄러웡 불러 지쿠광*.경해도* 한 번 불러 봅써*.

우리 어멍 날 설어 올 때
어느 바당 미역국 먹언
절국*마다 날 울렴싱고*

95

이 산 둘렁 지잰 허난
짐패* 쫄란* 못 지고
부모 은공 갚으젠 허난
밍命이 쫄란 못 갚으껴

경허난*
생전에 잘 모시랭* 햄주*
죽어 불민* 끝 아니라

* 담쓰다 ; 닮아 보입니다
* 물꾸럭 : 문어
* 허당 : 하다가
* 경해도 그렇게 해도
* 지쿠광 : 지겠습니까
* 절국 : 파도가 갯가로 밀려와서 부서지는 소리
* 짐패 : 짐을 지는 데 쓰는 바인데 주로 짚으로 만듦
* 경허난 : 그렇기 때문에
* 봅써 : 보세요
* 울렴싱고 : 울게 하는고

96

* 쫄란 : 짧아서
* 모시랭 : 모시라고
* 햄주 : 한다
* 불민 : 버리면

1986년 『시조문학』 등단. 한국시조비평문학상. 제주도문화예술상 수상. 시집
『올레길 연가』 『귤나무와 막걸리』. 현대시조 100인선 『등신아 까불지 마라 』

어멍의 바다

오종문

그 섬의 바람 신이 하늘의 문 열었을 때
그 섬은 물때 맞춰 또 하나 물길을 튼다
불턱의 완강한 침묵
출렁이며 길을 낸다

들숨의 바람 소리 갯메꽃을 피웠으리
날숨의 숨비소리 망사리에 담았으리
물숨의 생생한 기억 화산석이 되었으리

그것은 생의 기호 암호 같은 문자였다
저승서 벌어 이승에서 쓰는 물질 끝냈을 때
어멍은 바다가 된다
필생의 족쇄를 풀고

1986년 사화집 『지금 그리고 여기』 시조집으로 『오월은 섹스를 한다』 『지상의 한 집에 들다』 『시조로 읽는 삶의 풍경들』, 중앙시조대상, 오늘의시조문학상, 가람문학상 수상

제주 샛담

옥영숙

고백할게요, 어머니
보통 때는 모르지만
참다 참다 외롭다고 먼저 손을 내밀면
국그릇 뜨겁지 않게 상한 속을 달래주세요

하루하루 물질이 얼마나 힘든 일인지
물소중이 박박 문질러 늑골이 묵직할 때
제대로 맛을 낸 전복죽
입천장이 뜨거워요

담 하나로 가깝고 먼 시어머니 속마음을
샛담을 건너와 눈치 보며 전하는 말
쇄골이 아름답다던
그 말씀은 기억할게요

2000년 매일신문 신춘문예 등단, 시집 『사라진 詩』 『완전한 거짓말』

해녀 사설

우아지

내일도
안 되겠네
파도가 친다카네

용왕님요, 부탁하요 용왕제 올립미더
하늘이 해라꼬 해야 물에 들어갈 낀데
고향은 제주도지만 부산 오래 살다 보이
아, 글쎄 부산 사람 다 됐다 아입니꺼
그 날도 어멍 그리워 갯바위에 앉았다가
물속에 드가는 거 저승 가는 맴인 기라
숨 안 쉬고 목숨 건 돈 우리 돈은 저승 돈
한 개만, 한 개만 더 따자 그 욕심에 영 가뿌제
사는 기 시절인 기라 저물다가 뜨기도 해
눈에 비면 잡아 뿌고 안 비면 못 잡는 거
용왕님 주신 만큼만 망사리 채운다꼬
해녀도 우리 대代서 인자 고마 끝난 기지
머잖아 박물관에 들앉아 안 있겠나

만다꼬

물리 줄라꼬
이기 무신 업이라꼬

경남 함양 출생. 1993년 『현대시조』 등단, 시조집 『염낭거미』 『손님별』 등, 제2회
부산시조작품상, 정과정문학상 수상 등

오토바이 탄 그녀

우은숙

동백꽃 뒤로 밀자 테왁이 꽃이 된다

그녀의 칠십 물길도 봄 닿자 환해진다

빨간색 오토바이는 길 위에서 꽃이 된다

주저 없이 내딛는 가파른 생의 꽃자리

먼 기억 폭죽 터진 물구슬 파편 사이로

오늘은 망사리 가득 첫사랑을 담고 달린다

1998년 동아일보 신춘문예 등단, 시집 『마른꽃』 『물무늬를 읽다』 『소리가 멈춰
서다』 『붉은 시간』, 2007년 제26회 중앙일보시조대상 신인상 수상

이어도사나, 이어도사나

윤금초

긴긴 세월 동안 섬은 늘 거기 있어왔다. 그러나 섬을
본 사람은 아무도 없었다. 섬을 본 사람은 모두 섬으로
가버렸기 때문이었다.
아무도 다시 섬을 떠나 돌아온 사람은 없었기 때문이
었다.
– 이청준 소설 「이어도」에서

지느러미 나풀거리는 풋풋한 아침 바당
고기 비늘 황금 알갱이 노역의 등짐 부려놓고
이어도, 이어도사나. 이어도사나, 이어 이어….

퉁방울눈 돌하루방 눈빛 저리 삼삼하고
꽃 멀미 질펀한 그곳, 가멸진 유채꽃 한나절.

바람 불면 바람 소리 속에, 바당 울면 바당 울음 속에
웅웅웅 신음 같은, 한숨 같은 노랫가락 이어도사나 이
어도사나
아련히 바닷바람에 실려 오고 실려 가고.

다금바리 오분재기
이어도사나, 이어도사나
상한 그물 손질하며
급한 물길 물질하며
산호초 꽃덤불 넘어,
캄캄한 침묵 수렁을 넘어.

자갈밭 그물코 새로 그 옛날 바닷바람 쏴쏴 지나가네.
천 리 남쪽 바당 밖에 꿈처럼 생시처럼 허옇게 솟은 피
안의 섬, 제주해녀 노래로 노래로 굴려온 세월 전설의
섬, 가본 사람 아무도 없이 눈에 밟히는 수수께끼 섬, 고
된 이승 접고 나면 저승 복락 누리는 섬, 한 번 보면 이
내 가서 오지 않는, 영영 다시 오지 않는 섬이어라.
이어도, 이어도사나. 이어도사나, 이어 이어….

밀물 들면 수면 아래 뉘엿이 가라앉고
썰물 때면 건듯 솟아 허우대 드러내는
방어 빛 파도 헤치며 두둥실 뜨는 섬이어라.

마른 낙엽 몰고 가는 마파람 쌀쌀한 그해 겨울

모슬포 바위 벼랑 울타리 없는 서역 천축 머나먼 길 아기작걸음 비비닥질 수라의 바당 헤쳐 갈 때 물이랑 뒤척이며 꿈결에 떠오른 이어도 이어도, 수평선 훌쩍 건너 우화등선 넘어가 버리고

섬 억새 굽은 산등성이 하얗게 물들였네.

1968년 동아일보 신춘문예 등단, 시집 『앉은뱅이꽃 한나절』 『큰기러기 필법』 등, 한국시조대상, 유심작품상, 조운문학상 등 수상

제주, 그리고 바다

윤종남

종이처럼 구겨진 날들 씻어내려고
선배 언니와 함께 제주바다에 왔다
오래된 목숨의 얼룩
빈 가슴으로 삭혀내듯이

내 잠든 시간들이 물너울에 일렁이고
갈매기 흰 울음이 수평선을 긋고 간다
그리움 예까지 따라와
발끝에 철석이고

해안선을 돌아 주상절리대, 외돌개까지
바다 앞에 서보니 또 하나의 바다가
저마다 할 말이 많은가
내 가는 길 따라오고 있다

경기 양주 출생. 1995년 문화일보 신춘문예 · 1997년 농민신문 신춘문예 등단.
시조집 『겨울 귀소』

우도 해녀

이기라

1

저 바다
초원에 누웠다가
섬이 된 소
파도는 항시도
되새김질에 여념 없고
우도봉
쇠뿔에 걸려
닳아빠진 바람 소리.

2

자맥질에 이골이 난
오리발 가마우지
테왁 하나 띄우려
오늘도 물질 간다
앞바다

폐부에 들어
물고 나온 숨비소리.

1974년 『월간문학』 · 1976년 『시문학』 등단. 시집 『꿈에 꾼 꿈』 『지푸라기 한 줌』.
1984년 중앙시조대상 신인상, 2004년 현대시조문학상, 2013년 서울시문학상
등 수상

숨비소리

이광

누군가 요기가 될
글 한 줄 건지려면

파도쯤 마다않고
몸 던질 줄 알아야지

종장의 첫음절이네
꾹 참았다 터뜨린 숨

부산 출생, 2007년 국제신문 신춘문예 등단, 시조집 『소리가 강을 건넌다』, 현대
시조 100인선 『시장사람들』, 부산시조작품상, 이호우시조문학상 신인상 수상

귀항

이남순

그녀가 돌아왔다
물 시린 정월 한낮
무던한 갓 예순의 짱짱한 나이 두고
무거운 납덩어리만 허리춤에 살아왔다

저 강정 앞바다에
부표로 뜬 테왁이여
갈매기도 떼를 지어 곁을 돌며 감싸는데
망사리 틈을 비집고 넋이 나간 해삼, 멍게

하나만 더, 건지려다
파도에 손이 풀려
참았던 숨비소리 제석문에 닿았을까
정초에 천둥 울더니 바다 끝에 번지는 비

* "강정 앞바다에서 60대 해녀사망" 2018년 2월 26일 "미디어 제주" 기
  사를 읽고

2008년 경남신문 신춘문예 등단, 시조집 『민들레 편지』 『그곳에 다녀왔다』

해녀 이야기

이두의

볕 좋고 바람 잔 날
기꺼이 날 불러주렴

열 길 물속 알아내도
한 길 맘속 몰랐기에

당신은
뭍으로 가고
나 여기 바다가 되고

2011년 『시조시학』 등단, 2017년 이영도 시조문학상 신인상 수상

여
— 제주 바다의

이말라

여女−그녀는

바다의 꽃이다
꽃이 여는 나무였다

꿈 같이 하얀 포말
가시 돋은 물속에서

한 움큼 숨비소리로
웅숭깊은 열매 잦는

물의 숨길이 밥이요 집이요 무덤이어라
작살 같은 눈빛 소금 같은 속내 안고
새파란 숨결을 달래 물칼 위를 걷는 꽃

여嗁−새 소리로 우는

울어라 울어라 진화하는 세상 앞에

부채를 상환하듯 삼투하는 바다는
비늘이 푸른 교과서
물질로 읽었으리

여如－같아져야

온몸이 바다였느니 바다가 나였느니
깊숙이 더 깊숙이 내려가야 만나느니
또,
괴는
배고픔 안고
낡은 닻돌 갈앉듯이

여濾－ 맑게 걸러

차곡차곡 이은 시간 바다가 땅 되걸랑
검디검은 깊이로 젖지 않고 날으리

투명한 하늘 한 자락
망사리에 담기누나

1988년 『시조문학』 등단, 부산문인협회 부회장, 시집 『말을 보다』 등

그 여자의 바코드

이명숙

반짝임의 등 뒤는 축축한 곡선이다
달빛처럼 피붙이 핥아주던 혓바닥
얇은 꿈 머드팩처럼 마른 사이 저문 밥맛

낮은 바당 저으며 깊은 수심 줍느라 오리발 나 몰라라
두렁박에 묶은 끈
똥군 별 숨비소리로 잡아채는 허공 한 점

당신 생 공들여도 거기가 거기라서 웃어도 울음만인
원수 같은 갈피마다
거먕빛 비문으로나 불멸하는 젖은 꽃잎

막 부푼 연두처럼 기초적인 존재다
갈채 없이 막 내린 유적이 된 정기 공연
앙코르 그 꿈 버려도 아직 봄인 좀생이별

2014년 영주신춘문예 · 『시조시학』 등단, 시조집 『썩을』

즐거운 비밀

이복현

아무도 모르게 혼자서만 알고 있는

깊은 바다 돌 새에 은밀하게 숨겨 둔

싱싱한 소라 전복은 제주해녀 비밀입죠

물질할 때마다 마음에 담아뒀던

크고 좋은 해물들을 아껴 둔 깊은 뜻은

그리운 사람이 올 때 주고 싶은 사랑입죠

숨 가쁘게 토해내는 숨비소리 거칠어도

수경을 벗어젖힌 그 얼굴에 꽃이 핀 건

몰래 한 첫사랑 같은 설렘의 증표입죠.

1994년 제14회 중앙시조백일장 장원, 1995년 『시조시학』 등단. 1999년 대산문화재단 창작기금 받음, 2012년 시조시학상(본상) 수상

그예

이숙경

맑혀둔 물안경 너머
모슬포 하늬바람

솔깃한 잇속으로
경계를 저울질하네

잘 달인
까마귀쪽나무
열매처럼 마신 물숨

하나 더 움킨 전복에
전복顚覆되는 그런 날

그 숨 거둬 쟁인 소라
한나절 고동을 부네

호오이
바다울음새
바다가 되는 여자

2002 매일신문 신춘문예 등단, 시조집 『파두』, 현대시조 100인선 『흰 비탈』, 시론집 『시스루의 시』

물밭

이승은

열다섯 살 무렵부터
바닷속을 일궜다지

물질로 오십여 년
자손들을 키우느라

이마에 물결이 겹겹,
주름진 바다 여자

신기루 속 사랑이야
자맥질로 치댔는데

억척스런 물밑 농사
언제쯤 놓으려나

낮달이 애틋도 하여
허리 굽혀 보고 있다

서울출생, 1979년 KBS 민족시대회로 등단. 시집 『얼음동백』 『넬라판타지아』 『꽃밭』 등

이어도의 아침

이양순

이어도를 오고 가는 물새는 듣고 본다

탐라의 숨비소리 밀려오는 아침 바다

어부들 천 년 소망이 해초처럼 무성하다

얼마나 드센 바람 휩쓸고 짓이겼는가

오성기며 승천기가 거품으로 가라앉고

망망한 수면 아래 누워 그리움의 등을 켠다

한사리 부푼 꿈이 격랑에 부대껴도

반도의 피붙이로 해양에서 숨을 쉬며

물기둥 내뿜는 고래로 달려오는 섬이여

2011년 전국시조백일장 장원, 2013년 국제신문 신춘문예 등단, 2015년 부산문학상 수상, 시조집 「징검돌」, 동시조집 「아빠를 구출하라」

할망바당

이애자

만년일터 바다에는 퇴출이란 게 없네
고무 옷 입고 납덩이 차고 쉐눈에 오리발 신엉
부르릉 밭은 숨소리 오토바이 물질 가네

여차하면 나발 불듯 갯메꽃이 피었네
곶바당 바윗등 때리는 낮은 물결에
비단 필 풀어 놓고도 흔들리는 바다를 보네

약 한 첩 털어놓고 상군해녀 뒤따르네
보따리 싼 며느리를 이제나저제나
바다는 얼른 파도에 한숨 소리를 섞네

실에 꿴 오분자기 부실한 어미젖이었네
"바당이 날 죽이곡 바당이 날 살렸주기"
켜켜이 제주사투리 잘 삭힌 눈빛이 곱네

고정한 제주해녀들 불문율이 검푸르네
할망바당 애기바당 밥그릇에 그은 선
저 낮달 지장이 확실한 푸른 문서를 보네

1955년생 2002년 「제주작가」 등단. 시집 「송악산 염소 똥」 「밀리언달러」 「하늘도 모슬포에선 한눈을 팔더라」, 현대시조 100인선 「한라, 은하에 걸리어」

해녀

이우걸

바람 자면 마음 빗고
망사리 빗창 챙겨서
집안일 보살피듯 바닷속을 살피었다
그 일이 생활이었고 생활이 그 일이었다

이제 나이 들고 아이들 다 자라고
성한 육신 마디마디 시려오는 때라지만
가끔은 안부가 궁금해
테왁을 띄우곤 한다

1973년 『현대시학』 등단. 시조집 『아직도 거기 있다』 『나를 운반해온 시간의 발자국이여』 등, 이영도(정운)시조문학상, 백수문학상 등 수상

여*

이은주

여, 인지
여인, 인지
푸른 품이
한결같다

마냥 떠서 기다리는
테왁 같은 생계 위해

자기 숨
참을 만큼씩만
바다에게
꾸어 온다

* 물속에 잠겨 보이지 않는 바위

2014년 『시조시학』 등단

해녀 물질

이정홍

큰 파랑 자는 날은 동무 간께 나도 가지

테왁에 실낱같은 목숨 줄을 걸어두고

해초가 손을 흔드는 이승 중심을 갔다 오요.

사는 게 검은 오리발 자꾸만 곤두박질로

하루에 수십 번 고비 죽었다 다시 살면

후유이, 막히는 숨에 막내 얼굴이 울어쌓고.

성게 전복 아등바등 따다 보니 생각나서요

먼 뱃길 간 영감 따라갈 적에는 건져 갈라고

돌문어 대물 한 놈은 물속 깊이 숨겨 두었소.

2009년 경남신문 신춘문예 등단, 시집 「허천뱅이별의 밤」

협재 해녀

이정환

내리누르는 물 무게
그 무게가 무장 좋아

바다에 뛰어들어
바다가 된 한평생

그 역시
한 마리 물고기
비늘 돋친 물고기

바다 없인 살 수 없어
바다와 한 호흡 되어

물속을 유영할 때
몰려오는 무한 평화

오늘도
뛰어든 바다
숨비소리 터진다

1978년 『시조문학』 추천. 1981년 중앙일보 신춘문예 등단. 시조집 『아침 반감』
『별안간』, 『휘영청』 등. 시조비평집 『중정의 생명시학』 등

제주바다 여자

이지엽

1. 숨비소리

희뜨게 참은 숨이 뱉어내는 몸의 소리
물의 소리 꽃의 소리 땅의 소리 섬의 소리
북극성, 아 하늘의 소리, 죽음에 가 닿는

2. 테왁과 망사리

멀리서도 눈에 들게 잘 띄어 둔 여문 박과
남총나무 나무껍질 촘촘 뜬 그물망
물너울 춤사위 커지면 내 목숨이나 한가지야

3. 조냥 단지

밥 지을 때 한두 줌씩 모아두는 항아리
각설이도, 각설이 타령도 없는 이유다
척박한 돌밭뿐이어도 남부럽지 않다

4. 백주또 여성

애기구덕 아기 눕혀 밭일하고 물질하고
질긴 갈중이 입고, 놀 시간 꾸밀 손 없다
말없이 억척스럽다 허영마저 파도 줬다

5. 오름

3백6십 오름에는 눈물 산다 여자가 산다
설문대할망에서 잠녀까지 둥글고 아픈 허리
이추룩 곱다헌게 어디 또 이시쿠가*

* 이처럼 예쁜 것이 어디 또 있겠습니까?

1984년 경향신문 신춘문예 등단. 시집 『해남에서 온 편지』 『떠도는 삼각형』 등.
중앙시조대상. 오늘의시조문학상 등 수상

미역 해경

이창선

불난 듯 마을반장 비상소집 분주하다
거문여 앞바다에 미역 해경 하는 날
어머니 귀 소문 들어 테왁 지고 나선다

아이들도 갯가에 옹기종기 모여들어
갯바위 갈매기 떼 바다 축제 따라 열고
우르르 그 옛 바다엔 건지는 족족 미역이다

어린 나의 기다림은 불턱의 주전부리
어머니 망사리 가득 등에 지고 나오시면
미역귀 굽던 내 유년, 수평선이 먼저 붉었다

2011년 『시조시학』 등단, 시집 『우리 집 별자리』

제주 바다에는 휘파람새가 산다

이한성

간밤에
눈이 빚은
그릇
하나 떠 있다
한라산
접힌 허리
동굴처럼
평 뚫린

용머리
바닷속에는
휘파람새가 산다

1972년 『월간문학』 『시조문학』 등단. 시집 『원』 『약속』 등

그 여자의 바다

이행숙

잔멸치 아가미도 부러웠던 가난이라
테왁과 망사리는 지고 가는 칠성판
성실한 무기징역수 꾸역꾸역 물에 든다

관자놀이 깨질 듯한 두통에 숨이 막혀
지척에 전복 두고 물 위로 올라올 때
그 바다 숨비소리가 서귀포를 다 적신다

2012년 『시조시학』 등단, 2014년 시조시학 젊은 시인상 수상, 시조집 『파랑』

그녀의 수법

인은주

잡는 법을 알고부터

물밖에 못 잡는다

바다가 늘 부른다니

잡은 걸까 잡힌 걸까

그녀가

가른 물살이

수평선을 넘는다

2013년 『시조시학』 등단

바다 밭

임석

잠수복 입은 엄마
물밑을 내려가요

뽕뽕뽕 꼬르르륵
동그라미 내보내며

바닷속 그 애들 보려
호미질이 바빠요

갈매긴 안달 나서
끼룩끼룩 울어대도

엄마는 느긋하게
휘파람 불어가며

캐어낸 소라 전복을
망사리에 담아 와요

울산 출생. 2000년 국제신문 신춘문예 등단, 시집 『개운포 사설』 『돌에 새긴 원시』 『들꽃의 노래』 등, 2011년 울산광역시 예술상(문학부문)수상, 제5회 울산시 조문학상 수상

숨비소리로 오는 봄

임성구

눈 감고 제주 냄새 내 방에 풀어놓는다
나는 지금 햇살 좋은 거실에 앉아 있고
성산포 해녀의 노랫소리
빈 마음에 들어선다

바람이 창문을 살짝, 두드릴 때마다
호오이~ 그 숨비소리에 매화꽃이 터지고
먼 곳도 가까이 들리는 봄
포말같이 그윽하다

돌멍게 전복 향이 술잔에 녹아들면
유채꽃처럼 화사한 그 여자에게 다가간다

호오이~
"이어도사나 이어도사나"
한 점 생을 맛보며

경남 창원 출생, 1994년 『현대시조』 등단, 시조집 『오랜 시간 골목에 서 있었다』
『살구나무죽비』 『앵통하다 봄』, 현대시조 100인 시선집 『형아』, 현재 『서정과현
실』 편집부장

제주바다

임성화

엄마는 매일매일
물장구를 칩니다

바닷속 친구들과
물놀이하고 싶어

휘파람
불어가면서
자맥질을 합니다

어제는 망태기에
소라를 담아왔고

오늘은 성게 전복
데려와 웃는 엄마

맑은 날
궂은 날 없이
휘파람을 불어요

1999년 매일신문 신춘문예 등단, 제29회 성파시조 문학상 수상. 시집 『아버지의 바다』 『겨울염전』, 한국시조시인협회 울산지회 회장

터

임영숙

어느 땅의 풀꽃인가
검은 피가 섞여 있다

"죽어서도 살아야지"
"내 새끼를 살려야지"

물속에
뛰어든 심청인 듯

제주바다
들꽃,
들

2014년 『나래시조』 등단, 현재 『나래시조』 편집장

물의 딸

임채성

할망은 아기상군, 설문대의 딸이었다
해감 못 한 거친 날숨 올레에 풀어놓고
하도리 잠녀조합에 빗창을 꽂기 전엔

어멍의 물소중이도 마를 틈이 없었다
무자년 거센 불길 조간대로 번질 때쯤
비로소 불턱에 누워 물숨을 들이켰다

바람 타지 않는 섬이 어디에 있겠냐며
파도치는 물마루에 테왁을 띄우던 이들
그날 그 숨비소리가 망사리에 가득하다

바당이 우는 날엔 나도 따라 물에 든다
중군도 하군도 아닌 똥군이란 별을 달고
할망과 어멍이 좇던 이어도를 캐기 위해

2008년 서울신문 신춘문예 등단, 오늘의시조시인상, 중앙시조대상 신인상 등 수상, 시집 『세렝게티를 꿈꾸며』 『왼바라기』, 현대시조100인선집 『지 에이 피』

어떤 귀향

임태진

바다에서 태어나 바다로 돌아가네
애초에 정해진 운명 무시로 물에 들면
물속은 생사의 경계
넘나들던 이 저승

4 · 3때 남편 잃고 악착같이 견딘 세월
단 한마디 말도 못해 토해내던 숨비소리
기어이 한숨이 되어
포말로 부서지네

물질 칠십 여년 시집살이 칠십 여년
얻은 것은 잠수병 쌓인 것은 그리움
다 품고 길을 떠나네
할망바당 테왁 하나

2011년 영주일보 신춘문예 등단, 2013년 『시와문화』 신인상, 한국시조시인협회
신인상 수상, 시집 『화재주의보』

우도에 남아

제만자

갈 사람 떠나고 남을 사람 남으라면
나는 아득한 이 우도에 남을 것이다
속살 다 풀어 던지고
둥근 뼈로 자박일 거다

발끝마다 뭉개져서 더 짐질 일 겨워도
갈 사람 그냥 가고 남을 사람 남으라면
덧붙일 아무 말 없는
우도에 남을 것이다

1989년 「시조문학」 등단, 성파시조문학상 수상, 시조집 「붉어진 뜰을 쏠다」 「강
을 보는 일」 등

해녀에게 길을 묻다

전정희

꽃바위 앞바다에 제주해녀 찾아갔네
울산 해녀 태반은 제주해녀 딸이라고
본 것이 자맥질이라 물질하게 되더란다

"처음엔 몸이 떠서 가라앉지 않는 거야
물속이 컴컴하여 아무것도 뵈질 않아
한 열흘 둥둥 떠올라 머리 처박고 발버둥 쳤지"

"바닥을 바라봐야 물밑에 내려가데
물속이나 물 밖이나 세상사 매한가지
고개를 쳐들었다간 물이 몸을 밀어내지"

"물속에 들어보면 생과 사가 환히 보여
한 호흡 내뱉고는 들이쉬지 못하는 거
들숨과 날숨 사이에 생사가 갈리는 겨"

물밑경치 물어보는 물색없는 시인에게
"목숨 줄 입에 물고 경치 볼 새가 있나
턱까지 숨이 차올라 죽자 살자 하는 판에"

"저승에서 돈 벌어서 이승에서 쓰고 살아"
한목숨 부지하기 이다지도 힘드냐고
말하는 어깨너머로 엎치락뒤치락하는 파도

1997년 조선일보 신춘문예 등단, 2005년 중앙시조 대상 신인상 수상. 울산문학
작품상, 정형시집 『물에도 때가 있다』 『자작나무에게』, 한국문인협회, 울산문인
협회 회원

불턱

장영심

바당에서 갓 나온 숨비소리 몇몇이
수경도 안 벗은 채 불 턱에 둘러앉아
저마다 연애질하듯 불을 품어 안는다

서너 시간 물질이면 입술마저 검푸르다
콩 가지에 누운 활소라 졸린 하품 한번에
어머니 허기도 함께 바다처럼 익었다

그 안에도 질서가 있어 맨 앞에 상군해녀
어느 집 숟가락 몇 개 훤히 꿰는 금남의 구역
배에서 막 내린 어부의 발그레 곁눈질 같다

2015년 『시조시학』 등단, 제주신인문학상 수상

이모 바당

장영춘

아직도 꿈속에서 자맥질하는 걸까
"옛날엔 그 옛날엔 눈만 뜨믄 바당에 간"
마당귀 파래지도록
부서지던 숨비소리

뱃길 따라 장삿길 가산마저 거덜 나고
떠밀려 등 떠밀려, 고향 등진 어느 해
영도 땅 세월의 한켠 솥단지 걸어놓고

평생 바다에서 무엇을 캐냈을까
물질은 끝났어도 끊지 못한 뇌선봉지
구순의 우리 이모가
난바다를 건넌다

2001년 『시조세계』 등단, 시집 『쇠똥구리의 무단횡단』 『어떤 직유』, 현대시조
100인선 『노란, 그저 노란』

비양도 어머니

장은수

곤추선 절벽 아래 하얀 포말 솟구치면
시퍼런 파도소리 맺힌 가락 풀려오고
조류에 솟구쳐 오른 섬이 하나 둥싯 뜬다

등 푸른 해무 속을 날아오른 날치 떼들
조간대 허기 물고 들숨 날숨 몰아쉬며
서늘한 적조를 찢어 뭇 별을 띄워놓고

바다도 속을 끓이다 오름 하나 토했을까
암자색 햇살 이운 늙은 폭낭 가지 끝에
어머니 테왁을 나온 숨비소리 걸려 있다

바위 끝 홰를 치는 마칼바람 달려와서
회색빛 하늘 열고 재갈매기 길을 낼쯤
수평선 텅 빈 바다에 햇살이 출렁인다

충북 보은, 2012년 경상일보 신춘문예 등단, 『현대시』 등단, 천강문학상 시조부문 대상 수상, 2017년 한국동서문학 작품상 수상. 시조집 『서울 카라반』, 시집 『전봇대가 일어서다』 『고추의 계절』 등

기장 해녀 말라

정경수

기장 처녀 말라는
갓 육십 해녀다
제주댁 팔십 노모
남편 따라 육지 와서
배운 턱
물길 잡으며
미역질이 갑년이다

숫처녀인 말라는
오늘도 물길 나선다
짧아진 호흡에도
손 닿는 곳 더욱 깊어
가쁜 숨
죽음을 만나며
오늘도 수심과 겨룬다.

월간 『수필문학』 등단, 『시선사』(시조) 등단, 시조집 『사랑에 관하여』 외 2권

푸른 동거

정수자

물의 체온 깊이쯤은 일찍이 나눌 줄 알던
제주바다 여인들은 동고의 푸른 동거

울력의 오랜 꽃 같아
우주의 꽃숨 같아

내 숨을 꾹 참아서 네 숨 찾는 숨법으로
성게랑 전복이랑 함께 따고 함께 웃게

바다도 저의 고샅 곳곳에
가솔을 늘 키웠다네

백록의 물 품고 내려 다시 솟는 섯물처럼
구엄의 소금 같은 햇숨 잣는 해녀들

오늘도 이엇사나 이어도사나
동락으로 날로 푸른

1984년 세종숭모제전 전국시조백일장 장원 등단, 시집 『비의 후문』 등 5권과
『한국 현대 시인론』 등 공저 10여 권, 중앙시조대상, 현대불교문학상, 한국시조
대상 등 수상

테왁이 있는 풍경

정옥선

우도 앞바다에는
나뭇가지에 걸린 듯한

시달린 바람 소리가
온몸으로 떠 있다

호오이 호오이휘 호오휘
푸른빛이 너울댄다

파도의 몸 낮아지자
테왁 품고 찰방댄다

물숨이 결정되는
숨 길이와 물의 깊이

잠녀들 찐득한 생이
갈고리 끝에 걸린다

2014년 「시조시학」 등단

바다섬, 테왁

정유지

마파람 타고 갔던 울 서방 잠든 남해
눈물로 지샌 여름 태풍도 머문 자리
미역을 따 올린 손길
달빛 하나 지핀다

삶의 터 한가운데 무심코 던져놓고
호오이 내뱉은 숨 꽃피운 숨비소리
물 위에 띄워놓은 섬
망망대해 생명줄

격랑 속 살아남는 가문의 비법 물질
척박한 살림살이 가난도 즐긴 가장
바다밭 지킨 수호신
탐라, 너는 해녀다

1991년 『월간문학』(시조) 등단. 시조집 『꽃과 언어』 등 4권

물숨

정진희

길 찾던 스물 즈음 성산읍 그 민박집
살기 위해 참아 온 할망의 바튼 숨소리
자궁에 다시 들어간 아기처럼
할딱였지

팽팽한 고요가 고막을 질러갔어
애 놓고 사흘 만에 꽃 따러 물질 갔지
바다는 늘 봄이었어
그리고 늘 삶이었어

전북 익산 출생. 제7회 가람시조 백일장 장원, 2017 동아일보 신춘문예 시조당
선, 2017 시조시학 여름호 신인상

세화리* 순비기꽃

정평림

가슴팍 생피 돌면 얼굴빛도 환해질까
어깨 겯고 된바람 막는 띠줄 같은 순비기나무
호오이, 숨비소리에
톡톡 꽃망울 터진다네

꽃잎 비벼 귀를 막고 함께 들던 천 길 물속
테왁 둥실 띄운 하루 물이랑 출렁 물질이네
어쩌다 불턱에 들 땐
먼 파수꾼 돼 주었지

세화리 오일장터 수탈의 끈 조여 올 무렵
흰 저고리 검정 치마 메밀떡 전대 둘렀던가
호미도 빗창도 세우고
섬을 껴안던 손깍지

배고픈 일 없는 세상 어질머리 웬 말이랴
오멍가멍 열매 따다 서로 맡던 순비기 향_香
그날 그 누이 젖 냄새
물큰하게 풀어 놓네

* 제주시 구좌읍 세화리. 1932년 해녀 1,000여 명이 '세화리 오일장'에
  서 항일 투쟁을 벌였다.

2003년 『시조시학』 등단, 2004년 전북중앙신문 신춘문예 등단, 열린시학상 수
상, 시조집 『거기 산이 있었네』 『메밀밭으로 오는 저녁』

바다가 된 어멍

정현숙

바다에 띄워놓은 테왁에 의지하여
칠십 년을 물질한 복순어멍 에너지는
인정의 쪽빛 수평선에 두 손 모은 가족 얼굴

"해녀들 죽음과 공포 머정*으로 하지요"
유네스코 인류무형문화유산 제주해녀
생애를 물이랑 갈며 황소처럼 굳은 맨발

* 머정: 자연의 이치에 순응하며 능력을 과신하지 아니함.

1990년 『문학세계』 등단, 1991년 『시조문학』 등단, 시조집 『어머니의 분통』 등

제주해녀

정형석

호오이 호~오이
숨비소리 뿜을 때마다
오름은 한 뼘씩 솟아
한라로 거듭나는가
숨 가쁜 억척스러운 물질
일구어낸 탐라구나

바람 드센 영주瀛洲 땅은
논마지기 마뜩잖아
돌밭떼기 무자맥질
보듬어 낸 한 터전은
눈물꽃 지난한 세월
청보리로 일렁댄다

한때는 민들레 홀씨
반도를 치뚫어서
포항 청진 울릉도 너머
일본 열도 연해주까지
야무진 제주도 해녀
전설보다 또렷하다

2004년 「시조시학」 등단

구럼비 순비기꽃

정황수

상처 난 너럭바위
파도 그늘 뒤척일 때
쪽빛 하늘 디딤돌로 허허바다 뒤집다가
호오익! 숨비소리에 들숨 한껏 부풀리고.

고막 찢는 폭발음에
이명 아직 맴돌아도
명주조개 망사리의 무게처럼 가늠하며
난바다 푸른 행간에 쉼표 앉힌 순비기꽃.

턱밑까지 차오른 숨
그 끝은 어디일까?
휘파람 닿는 곳에 불턱 오붓 세울 즈음
덜 아문 파편 흉터에 연보라 등 밝히네.

2015년 경남신문 신춘문예 등단, 2017년 천강문학상 우수상, 시집 『안개의 꿈』,
시조집 『기리에를 위한 변주』

불턱

정희경

휘파람새 앉은 자리 물 냄새 축축하다
젖은 날개 말려주는 한 평의 파도 소리
바람이 숨겨두었다 물소중이 물적삼

갈아입은 고무옷 더 깊이 더 오래도록
망사리 짙은 무게 버티고 선 테왁 너머
휘파람 숨비소리도 너울 속에 묻힌다

자박자박 파도 끌고 물질 가는 아침 바당
바람이 감추어둔 잘 마른 날개옷들
불턱에 깃발로 펄럭인다
굽은 등을 밀고 있다

2010년 『서정과현실』 등단, 가람시조문학신인상, 올해의시조집상, 오늘의시조시
인상 수상, 『한국동서문학』 편집장, 『어린이시조나라』 편집주간, 영언 동인, 시조
집 『지슬리』 『빛들의 저녁 시간』

비바리에게

조경애

그녀의 뒷모습은 물고기 닮았다고

그녀의 친구들도 물고기 닮았다고

바다는 나의 꿈 자랑 유영하는 자유의 몸짓

2001년 『현대시조』 등단. 시집 『나를 부르는 목소리』 『마다가스카르에 가면』

물—숨

조명선

아무렴 어쩌랴
눈물과 바람 사이
'호오이' 자맥질로 온 몸을 던졌으리라
꿈들이
하얗게 서서
일격을 가한 듯

숨만큼 내려가
들숨과 날숨 사이
푸름에 물구나무서서 탯줄 감은 바다 털며
한 줄로
가는 것 보라
눈물겨운 저 간들거림을

물껍질 깨고 나와
아린 속 추스르고
휘파람 소리 물살처럼 반짝일 때, 누가 묻거든
그 여자
끌고 온 바다

염기 빼고 있다고

1993년 『월간문학』 등단, 대구시조문학상 수상, 시집 『하얀 몸살』, 2017현대시조
100인선 『3×4』, 현재 대구동부교육지원청 재직

이어도사나

조안

망사리에 소라 전복
휘도록 짊어지고

물 밖으로 나오는
제주해녀 할망

웃는다
왜 웃으세요
힘드니까 웃지

2012년 「유심」으로 등단

물질일보日報

조한일

테왁을 붙들어야 물 밖이 이승이지

탯줄 탄 숨비소리 조간대 넘어오면

이고 온 망사리마다 주름지는 자맥질

이어도사나 이어도사나 해풍 맞은 노모 가슴엔

바다의 문장들이 절벽처럼 서 있다

오늘 자 물질일보를 물숨으로 넘긴다

2011년 『시조시학』으로 등단. 시집 『지느러미 남자』

며느리와

조호연

영등할망 오는 길이 왜 하필 거기일까
반기는 이 하나 없는 숨비소리 귀덕 포구
올해도 딸은 놔두고 며느리와 왔나 부다

우장 쓰고 연사흘 비바람도 함께 왔다
섬 한 바퀴 돌면서 해산물 씨 뿌리고
아닌 척 뒷짐을 지고 이별도 준비한다

사라봉 칠머리당 그대의 환송 길
배방선*에 근심도 함께 실어 보내고
가전학*, 어머니 물질 생각에 나풀나풀

* 배방선: 영등신을 태워 본국으로 돌려보내는 행사. 짚으로 만든 배
* 가전학: 집안에 대대로 내려오는 학업

2016년 영주일보 신춘문예 등단, 『시조시학』 등단

살암시민 다 살아진다

진순분

담장 안 빨랫줄에 걸쳐진 검정 해녀복
테왁망사리에 전복 성게 가득 찰 때
숨 참는 팽팽한 순간
생사를 넘나든다

봄 햇살 불턱에 젖먹이 놓고 물질하던
해녀 할망 평생은 '살암시민 다 살아진다'
아픈 삶, 포획한 바다
캐낸 무게 등에 진다

1990년 경인일보 신춘문예 등단, 수원문학 작품상, 시조시학상 본상 외 다수 수상, 현대시조 100인선 『블루 마운틴』 등

돌아가고 싶다

천성수

하늘을 버려두고 저승으로 내려가서
가슴으로 소라 줍고 온몸으로 전복 땄다
물귀신 손짓하여도 아이들만 생각했다

주름진 세월 너머 바다가 거기 있다.
두 눈을 가만 감고 옛날을 돌아보면
거기가 천국이었다 아이들이 있었다

바다도 떠나가고 모두가 떠난 지금
수평선 저 너머에 무엇이 있는 걸까
오늘은 영감이 간 길 물끄러미 바라본다

경남 진주 출생, 2005년 부산시조 등단, 2012년 자유시 등단(문학도시), 작품집
『바다로 가는 길에서 부르던 노래』『똥』

긴 생머리

최성아

물질에 얽힌 날들 참빗도 뻑뻑하다
철들자 잘라내던 헝클린 시간 풀며
망사리 소라 전복이 여자보다 먼저였다

마라도에 휘날리는 상군 해녀 긴 생머리
늘그막에 선물 받은 가발이 찰랑댄다
봄 마실 자랑하는 길 노을 이미 내리는데

뱉어낸 숨비소리 생을 저울질하며
물속 그 어디쯤서 건져낸 굽이굽이
머리칼 쓸어내리는 붉어진 손을 본다

본명 최필남. 2004년 『시조월드』 등단. 시조집 『부침개 한 판 뒤집듯』 『달콤한
역설』. 부산문학상 우수상, 제5회 부산시조작품상 수상. 현재 부산 금강초 교사

숨비기새

최영효

"물질은 무사 허멍
소라 전복 따서 머우꽝"
옴팡밭에 묻힌 님 뼈와 살 발라놓고
울대도 부리도 없이 정수리로 내뱉는 울음

지슬이나 심어 살지 지슬이나 파먹다 죽지
죽은 자는 죄인이고 산 자는 죗값에 묶여
물 깊은 허공에 닿는 숨비소리 새가 난다

하늘에 날 수 없는, 땅에도 앉지 못할
그 살피 어디쯤에 소리로만 울어 살며
한 번도 날지 못한 새
잊지 말자 우는 새

1999년 『현대시조』 등단, 2000년 경남신문 신춘문예 등단, 김만중 문학상 수상, 중앙시조대상 수상, 시선집 『논객』 등

해녀

추창호

바다는 여전히 침묵에 잠겨있다

그 침묵의 성을 여는
전사의 숨비소리

비릿한
하루치 행복
숨 가쁘게 걷어 올린다

1996년 『시조와 비평』 · 부산일보 신춘문예 · 『월간문학』 등단. 시조집 『낯선 세
상 속으로』 『아름다운 공구를 위하여』

푸른 해녀

하순희

자맥질해 닿은 바닥 기어서라도 가야 해
밑바닥을 헤치며 물질하는 한 생애
흥건히 젖어 젖어서 소금창고 건너간다

지나는 길목 내내 그리운 푸른 하늘
해풍에 저려서 눈시울이 짓물러도
바다랑 한몸이 되어 희열로 달뜬 날들

유채꽃 들길 건너며 어미가 보낸 길은
물인지 눈물인지 생각조차 못 한 세월
오늘도 몸국 한 그릇 시린 관절 데운다

1989년 『시조문학』 등단, 1990년 『한국아동문학연구』(동시조) 등단, 1991년 경남
신문 신춘문예 등단, 1992년 서울신문 신춘문예(시조) 등단, 시조집 『별 하나를
기다리며』 『적멸을 꿈꾸며』, 동시조집 『잘한다잘한다 정말』

숨비
― 애월 바다

한분옥

돌밭에 바람 밭에 돌처럼 바람처럼
해가 뜨고 달이 뜨면 손금 같은 바다 밭에
호오이, 호이 숨비소리로 애월 바다에 안긴다

바다가 내 집이랴 파도가 네 품이랴
이어도 이어도 사나 애월에, 애월에 사나
꿈에나 물옷 벗으면 겨울 바다가 뜨겁다

2004년 『시조문학』 등단, 2006년 서울신문 신춘문예 등단, 1987년 『예술계』 문
화예술비평 당선. 시조집 『꽃의 약속』 『화인火印』 『바람의 내력』 한 · 영 번역 시
조시집『Conviction of Flowers—꽃의 단죄』, 한 · 일 번역 시조시집 『枕香』

종달리 수국

한희정

해안길 수국에선 짠 내가 가득하네
한바탕 몰려왔다가 소금기만 남겨 놓은,
장맛비 젖은 곱슬이 연륜만큼 처졌네

평생 찔린 현무암 위에 맨발로 나 앉아서
진저리날 것 같은 바다 향해 웃고 있네
절망도 한몸이 되어 삶의 무게 보탰던

열 길 물속 저승길을 평생 오간 늙은 해녀
즐거움도 괴로움도 소홀한 적 한번 없듯
의연히 빗속에 앉아 보살의 미소 짓고 있네

2005년 『시조21』 등단, 시집 『굿모닝 강아지풀』 『꽃을 줍는 13월』 『그래, 지금은
사랑이야』, 시선집 『도시의 가을 한 잎』

바다를 캐다

홍진기

1
하늘은 바다에다 별을 떨어뜨린다

새파란 가슴 열어 가물가물 하늘의 꿈을

물살에
실려 오는 바람
튼실한 통성기도

2
깊은 속 바다를 갈라 젖은 별을 찾는 나는

하늘 문을 열고 나온 물새 몇을 앞세우고

내 손은
너울대는 물결
바다의 신비를 캔다

1979년 『현대문학』(자유시)등단, 1980년 『시조문학』(시조) 등단, 시집 『낙엽을 쓸며』 외 8권

산문

85세 해녀 임순옥씨, 아직도 물질은 끝나지 않았다

대담 김윤숙 · 정리 강애심

우리들은 제주도의 가엾은 해녀들
비참한 살림살이 세상이 안다
추운 날 무더운 날 비가 오는 날에도
저 바다 물결 위에 시달리는 몸

아침 일찍 집을 떠나 황혼 되면 돌아와
어린아이 젖 먹이며 저녁밥 짓는다
하루 종일 해 봤으나 버는 것은 기막혀
살자 하니 한숨으로 잠 못 이룬다

이른 봄 고향산천 부모형제 이별하고
온 가족 생명 줄을 등에다 지어
파도 세고 무서운 저 바다를 건너서
각처 조선 대마도로 돈벌이 간다

배움 없는 우리 해녀 가는 곳마다
저놈들의 착취기관 설치해 놓고
우리들의 피와 땀을 착취하도다
가엾은 우리 해녀 어디로 갈까

자구내 포구에서 임순옥 해녀와 대담. 왼쪽부터 시인 강애심, 해녀 임순옥,
시인 김윤숙(사진 현명자)

강관순의 「해녀의 노래」 전문이다.

혹, '해녀'가 누구냐고 묻는다면 가만히 이 노래를 들
려주고 싶다. 더도 덜도 아닌, 우리 할머니 어머니 언니
의 거친 삶의 역정과 시대의 아픔이 녹아 있기 때문이
다. 노래의 탄생 과정도 아프다. 해녀항일운동을 배후에
서 이끌었던 강관순이 감옥에서 쓴 가사다.

해녀 임순옥 씨의 삶도 그렇다.

임씨는 국내 최대 여성항일운동인 해녀항쟁 그 이듬해
인 1933년 한경면 용수리에서 태어났다. 해녀란 직업은
선택이 아니다. 제주 섬에서 태어났기에 숙명적으로 해
녀가 된 것이다. 열다섯 살 무렵 어머니를 따라 물질을
배웠다. 그는 고된 해녀의 삶뿐만 아니라 일제강점기와
제주4·3, 6·25한국전쟁이라는 시대적 격랑도 함께 헤

쳐 온 세대였다. 스물넷에 이웃 마을 고산리의 스물여섯 총각 김찬원씨와 중매결혼을 했다. 학도병으로 군대에 갔던 남편이 휴가를 나온 틈에 급히 결혼식을 올린 것이다. 그 당시에는 이런 결혼식이 흔한 풍경이었다.

제주해녀에게 경계란 없다.

생계가 힘들었던 시기여서 앞마당 같은 제주바당보다 수평선을 뛰어 넘어야 했다. 구룡포나 영도를 비롯한 한반도의 해안선을 따라 원정물질을 나갔고, 심지어 중국의 따렌이나 러시아의 블라디보스토크, 일본의 오사카 바다에 이르기까지 제주 해녀의 숨비소리가 가 닿지 않은 곳이 없을 정도였다.

사람도 팔자 센 사람이 있고, 땅도 팔자 센 땅이 있듯, 바다도 팔자 센 바다가 있게 마련이다. 제주 어느 바당 엔들 편안한 바다가 있을까만 고산 자구내 바다도 물질 하기에 팔자가 센 바다에 속한다. 오늘날 차귀도와 누운 섬을 배경으로 한 자구내 포구는 아름다운 관광지로 변했지만, 그때만 해도 험준한 삶의 현장이었다. 섬과 섬 사이는 물살이 거셀 수밖에 없었다.

그의 삶은 일 년의 절반은 육지 물질이요, 절반은 자구내 앞바당 물질이었다. 남편이 군에 있었던 관계로 속초 지나 대천해수욕장까지 몇 차례나 물질을 다녀왔다. 그때는 원정물질하고 돌아오면 통상적으로 4~5만원이란 거금을 손에 쥘 수가 있어 밭이나 집 장만도 할 수 있었다. 하지만, 4년간 병석에 있던 남편이 이승을 뜨면서

6남매를 혼자 키워야 했다.

그에게 하루는 너무 짧았다. 아니 너무 길 정도로 힘들었다. 새벽잠은 허락되지 않았다. 수탉의 울음소리보다도 먼저 일어나 자녀들 도시락을 챙겨 학교에 보내고 나면 바로 밭일을 나가야 했고, 물때에 맞춰 테왁을 지고 바다로 향했던 것이다. 그것으로 끝이 아니었다. 식구들 저녁 해 먹이랴, 청소하랴 눈코 뜰 새가 없었다. 간간이 그날 채취한 해산물 중에 작은 소라는 어촌계에 팔지 않고 '불턱'에서 구워 자녀들의 몸보신을 시키곤 했다.

현재 딸 넷은 육지로 시집갔고 제주에는 아들과 딸 한 명만 있다. 아들은 베이비붐시대 그 유명한 58년 개띠이고 고산리 이장이다. 자녀들 중에 한 사람도 해녀의 삶을 대물림하지 않은 것은 어머니의 고된 삶을 지켜봤기 때문일 것이다.

그에게 앞바다에 펼쳐져 있는 '누운섬'과 '차귀도'의 물질은 한숨과 눈물, 그 자체였다.

'누운섬' 물질에는 당시 고무 옷이 없었기 때문에 땔감과 '옷'이 필수적이었다. 해녀들은 자구내에서 땔감이랑 옷을 머리에 이고 테왁에 의지해 헤엄쳐 가서 물질하다 추우면 섬에 올라와 불턱에서 불을 지피고 몸을 녹인 후 다시 물질을 해야 하는 그야말로 기막힌 해녀 생활이 계속 되었던 것이다. 이때 해녀들은 너무 힘드니까 맨 앞에 헤엄쳐 가는 사람의 선창에 따라 '이어도사나' 해녀 노동요를 불렀던 것이다. 대담하는 중에 곁에 있던 박인숙(65) 해녀도 같이 이 노래를 불렀다.

이어도사나 이어도사나
저 산촌에 풀잎새는/ 해년마다 나건만은/
우리나 부모 한번 가면/ 다시나 못 오고/
이어도사나 이어도사나/
물위에 뱅뱅 돌아진 섬에/ 삼시 울멍 물질 허영/
서방님 술값에 다 들어간다/
이어도사나 이어도사나/
어떤 사람 팔자나 좋아/ 두리둥실 높은 집에 사는고/
이어도사나 이어도사나/
여물질 허영 어느네 아기/ 사각 모자 씌을려고 욕은질
허여지는고/
이어도사나 이어도사나

차귀도는 이웃 마을 해녀들 간의 싸움터였다. 자구내 포구에서 발동선으로 10여 분 거리에 있는 이 섬은 서로의 마을 앞에 있고 해산물 또한 풍부해서 고산리와 용수리 해녀들 간에 다툼이 계속되었다. 당시 해녀회장이었던 임씨는 이 싸움에 가장 난감할 수밖에 없었다. 용수리 처녀가 고산리 총각을 만나 시집갔으니 어느 편을 들어야 할 것인가.

김윤숙(이하 김): 물질 혈 땐 바닷속 몇m까지 들어 감수과?

176

임순옥(이하 임): 상군해녀들은 10m 이상 들어갑니다. 예전에 나도 넙곽(다시마)이 많이 날 땐 6발(6m)까지 가 나수다.

김: 여섯 남매는 몬딱 물질 핸 키웁디가?

임: 물질도 허곡, 밭 병작 허영 벌어먹기도 허곡, 지들커(땔감)도 허레 댕기고, 쇠도 한 마리 키우고, 돼지도 키워서 새끼 내왕 폴아십주.

김: 물질 헐 때 요즘도 뇌선을 먹엄수과?

임: 바다에 들 땐 요즘도 뇌선을 먹어마씸

김: 안 먹으민 어떵헙니까?

임: 물에 들엉 안 먹었구나 생각허민 머리가 아파마씸. 30대 때부터 먹기 시작허연 아직도 못 끊었수다.

김: 제주의 해녀가 유네스코 인류무형문화재로 지정 되난 자랑스럽지예?

임: 옛날엔 물질 허는 게 힘들기만 해신디 요샌 자랑스러워 마씸.

김: 물숨은 얼마나 참아집니까?

임: 예전에 6발에서 10발까지 갈 땐 3분 정도 참아져신디 요샌 할망 바다에서 2~3발 내려 가난 한 1분 정도 참아집니다.

김: 요즘은 하루에 얼마나 벌어졈수꽈?

임: 할망 바다에서 소라, 해삼을 잡앙 하루에 4~5만 원 정도 벌엄십주 마씸

90년대 이후 국민 소득 향상과 더불어 신선한 해산물을 찾는 이들이 늘어나면서 나름대로 안정을 찾은 것 같은 여전히 그럭저럭 할 만한 일이란 소리를 듣기도 하고, 놀면 뭐하나 한 푼이라도 벌어야지 하는 마음에 일을 놓을 수 없어 계속하지만 나이 85세에 물질하는 일은 그리 만만치 않다. 들숨을 크게 들이 마시고 물질에 들어 욕심 없이 올라와도 한 번에 내쉬는 숨인 호오이는 거의 비명에 가까운 소리로 들린다.

해녀에겐 명예퇴직이나 정년퇴직이 없다.

아직도 임씨는 현역이다. 자구내 바다에서 내일도 바람이 자면 바다에 들까 하는 표정으로 대담 중에도 잔잔히 바다를 바라보신다. 그의 삶은 바다와 닮아있다.

수평선은 늘 한결같지만 날씨 변화에 따라 바다는 다양한 표정을 보여준다. 무려 70년이나 물질하며 매일 보아온 바다인데도 날이면 날마다 다른 표정으로 맞이한다.

이 나라 바다치고 바람의 영향을 받지 않는 곳이 어디에 있으랴만 특히 바람에 좌우되는 게 해녀들의 삶이요 고산리 바다요 해녀들이 바닷살이다. 물질이 힘들 때마다 서로 '이어도사나'를 부르는 모습은 절망을 희망으로 만들어가는 어기찬 삶의 표현일 것이다.

그의 삶은 이제 제주와 대한민국을 넘어 유네스코 인류무형문화유산이 되었다.

■ 발문

제주해녀는 세계 최강이다

김 순 이(시인 · 제주해녀문화보존 및 전승위원회 부위원장)

제주여성이 이룩한 인류의 문화유산

2016년 11월 30일, '제주해녀문화'가 유네스코세계무형유산에 등재됐다. 유네스코세계무형유산은 인류를 위해 보호해야 할 가치가 충분하다고 인정받았을 때 지정되는데 현재 세계무형유산으로 약 330여 종목이 지정돼 있다. 무엇보다도 여성이 이룩한 문화로서는 세계에서 이것이 유일하다는 데 그 의의가 있다. 이로써 제주도는 뛰어난 자연유산에 이어 세계인의 주목과 부러움을 받게 되었음은 물론이다.

한때 해녀는 잠수 일을 할 때면 분명 해녀복을 입음에도 불구하고 마치 벌거숭이 상태로 일하는 것처럼 '불보재기'라며 괄시와 천시를 받았다. 조선시대 유학자들의 눈에는 해녀복은 옷도 아니었던 것이다. 바다 깊이 잠수해 해산물을 채취하기 위해선 물의 저항을 최소화해주는 뛰어난 기능복은 필수장비였다. 그때는 그랬다 치고, 현재도 해양 관련 통계에는 해녀라는 용어보다 발가벗고 잠수하는 업자라는 뜻을 가진 나잠업자裸潛業者라는 용어가 사용되고 있다. 한시바삐 바로잡아졌으면 하는 바람이다.

해녀가 언제부터 제주바다에서 활동했느냐는 질문을 많이 받는다. 해녀 연구자들도 그 부분에 대해서는 아직 명확한 답을 내놓지 못하고 있다. 제주도의 선사유적先史遺跡에서는 어김없이 다량의 커다란 전복껍질들이 나온다. 전복은 수심 5m 이상에서만 서식한다. 썰물에 드러나는 갯가에서는 잡을 수 없는 해산물이다. 그러므로 이를 채취하기 위한 잠수를 선사시대 사람들도 했을 것이라 추정해볼 수 있다.

제주해녀는 한겨울에도 수심 20m까지 잠수하는 강인한 체력을 지녔다. 스쿠버다이버를 해본 사람들은 알 것이다. 단숨에 바다 밑에 이르기 위해 수압조절도 없이 잠수한다는 것이 얼마나 몸에 충격을 주는 일인지. 그뿐인가, 해산물을 채취하고선 턱까지 차오른 숨을 비우려고 일렁이는 두꺼운 초록빛 유리벽을 단숨에 머리로 들이받아 깨뜨리며 올라와야 한다. 이때 올라와 내뱉는 소리가 숨비소리이다. 바닷속 저승에서 살아 돌아온 절박하고 서러운 안도의 숨소리이다. 해녀들은 한번 바다에 들어가면 100~200번을 잠수한다. 해산물을 채취할 욕심에 수압으로 생긴 초록빛 물벽을 들이받을 때마다 받

30대 해녀인 채지애는 보통 수심 5∼10m까지 잠수하여 해산물을 채취한다.
(사진 김원국)

는 충격이 쌓여 잠수병이 된다.

일제강점기에는 한반도 전 지역은 물론 일본 중국 소련까지도 행동반경을 넓혀 벌어들인 돈은 한때 제주경제의 활력소였다. 밭과 집을 사서 가정경제를 일으켰으며 처녀들은 혼수 비용도 자신이 마련했다. 자립심과 경제력은 제주해녀가 갖춘 기본역량이었다.

불턱에서 길러지는 빛나는 공동체 정신

제주해녀가 지닌 강인한 체력, 악착같은 경제력, 남자에게 기대지 않는 자립심도 남다르지만, 세계무형유산

에 지정될만한 값어치를 가진 제주해녀의 가장 빛나는
덕목은 공동체 정신에 있다. 불턱은 공동체정신의 산실
이었다.

열다섯 살이 되면 해안가에 사는 여자아이는 성인으로
인정받아 해녀공동체의 일원으로 들어간다. 그때부터
해녀들이 작업하고 올라와 불을 쬐며 휴식하는 불턱에
끼어 곁불도 쬐며 선배 해녀들의 대화를 얻어들어 가며
바다에의 지식과 경험을 쌓아간다. 해녀들의 군대와 같
은 위계질서를 한눈에 알아볼 수 있던 곳이 '불턱'이다.
불턱은 물에서 작업하고 올라와 불을 쬐던 휴식처로 바

불턱은 휴게공간이면서 애기해녀가 선배들에게서 바다의 지식을 전수받는
전승공간이기도 하다. 하도리 모진다리불턱.

람을 피할 수 있는 우묵진 바위 그늘이나 돌담을 둥글게 두른 곳으로 중심에는 모닥불을 피웠다. 현대식 샤워시설을 갖춘 탈의장이 생기면서 이제 더 이상 불턱은 사용되지 않고 있다.

불턱에서 가장 좋은 자리는 정해져 있지 않다. 그날의 바람 방향에 따라 연기와 불티가 날아들지 않는 자리가 가장 좋은 자리인데 리더인 대상군의 좌석이다. 대상군을 중심으로 좌우에 상군이 앉고 중군과 하군이 자리 잡는다. 해녀가 많은 마을에서는 아예 따로 상불턱, 중불턱, 하불턱을 만들기도 한다. 불턱은 해녀공동체의 정보센터이며 여론의 집합지이기도 했다. 이곳에서 인간에 대한 예의와 매너maner가 검증되며 도덕성과 리더십 leadership 자질이 은연중에 드러나게 된다.

바다에서 먼저 올라와 불을 피우는 사람이 추위를 유난히 타는 해녀일 수도 있다. 그러나 타인에 대한 배려에서 한발 앞서 작업을 끝내고 와 불을 피워놓고 무거운 짐을 받아주는 그런 속 깊은 해녀가 있다. 반면에 당장 눈앞의 이익에 잔머리를 굴리며 탐욕적인 근성을 억제하지 못하는 해녀도 있게 마련이다. 이런 이기적인 행동을 하는 해녀는 개인적인 기량이 뛰어남에도 불구하고 공동체의 중요 결정에서는 말의 씨알이 먹혀들지 않게 마련이며 위계질서 상위권에 진입하지 못하는 흠이 된다.

불턱은 해녀들에게 있어 단순한 휴식의 공간이 아니라

경험에서 우러나온 지식전달의 장소이며 삶의 애환을 풀어놓는 카운셀링의 장소이다. 해녀공동체의 진로에 대한 논의의 장소이며 마을에 떠도는 온갖 소문이 모여드는 정보교환의 장소이기도 하다. 애기해녀는 불턱에서 대상군을 비롯한 상군, 중군, 하군 해녀들의 위계질서, 그에 따른 의무와 도리를 배우고 익혀나가는 동안 한사람 몫을 하는 어엿한 해녀로 성장한다.

목숨 걸고 왜놈들에게 저항

제주해녀들은 일제강점기, 일본인의 착취와 강압에 저항했다. 1920년 일제는 해녀들의 권익을 보호한다는 명분을 내걸어 해녀협회를 창립하고 조합장은 제주도의 행정책임자인 일본인 제주도사濟州島司가 겸임했다. 처음 얼마간은 해녀들을 위하는 척했으나 머지않아 착취와 수탈이 본격적으로 공공연히 자행됐다.

1. 바다에 다니는 15세 애기해녀건 80세 넘은 할망해녀건 바다에만 들어가면 무조건 입어료入漁料를 납부하도록 했으며 해녀조합에 강제로 가입시켜 조합비를 내게 했다.

2. 일본인 독점상인을 지정해놓고 전복과 소라 등의 해산물을 그에게만 판매하도록 했다.

3. 해산물 판매 시 저울눈을 속이는 데다 판매 수수료

를 따로 받아냈다. 그나마 해녀의 몫으로 돌아오는 20%
정도의 판매대금은 외상으로 처리되어 언제 받을지 몰
랐다.

4. 각 읍면마다 일본인 해녀조합 서기를 상주시키고
보수를 해녀들에게 부담시켰다.

5. 경상도나 전라도 또는 일본의 대마도 등으로 해녀
들이 나가려면 출가수수료를 내야만 허가증을 받아 나
갈 수 있었다.

1930년부터 제주해녀들은 이에 대한 진정서를 몇 번
이나 행정당국에 제출했으나 답은 지지부진이었고 무성
의하기만 했다. 억압과 수탈을 더 이상 참지 못하고 해
녀들은 들고 일어섰다. 인간의 존엄성과 생존권이 짓밟
힘을 도저히 참아낼 수 없었다.

대표적인 항일투쟁은 1932년 1월 12일 일어났다. 다구
치 데이키田口禎喜 제주도사가 순시를 온다는 정보가 돌았
다. 마침 그날은 구좌읍 세화리 오일장날이었다. 차가운
북풍이 살갗을 파고드는 겨울날, 하얀 무명천의 해녀복
을 입고 손에는 전복 따는 도구인 빗창을 든 그들은 사
뭇 비장했다. 구좌읍 일대는 물론 성산 우도해녀들까지
1,000여 명이 모여들었다. 해녀대표 3인이 이들을 이끌
었다. 부춘화(당시 25세) 김옥련(당시 23세) 부덕량(당시
22세)은 장터에서 외쳤다.

"우리를 착취하는 일본상인 몰아내자!"

"해녀조합은 해녀의 권익을 옹호하라!"

"우리의 진정서에 아무런 회답이 없는 것은 무슨 까닭이냐?"

"우리들의 진정한 요구에 칼로 대응한다면 우리는 죽음으로 대응하겠다!"

이날 살기등등한 해녀들에게 포위된 다구치는 해녀들의 모든 조건에 응한다는 헛된 약속을 하고 혼비백산, 줄행랑을 놓았다. 그리고 이튿날 새벽부터 주동자 검거 선풍의 피바람이 불어 닥쳤다. 해녀대표들은 물론 이 봉기를 정신적으로 도운 민족주의자들이 감옥에서 가혹한 취조와 고문으로 죽음을 맞았다. 해녀들은 1930년부터 1932년까지 230여 회에 걸쳐 시위를 벌였고 참가한 해녀는 2만여 명에 달했다. 제주해녀들의 항일운동은 제주에서 일어난 3대 항일운동의 하나이며 여성들만이 일으킨 항일운동으로는 이것이 유일하다.

할망바당 · 학교바당 · 이장바당

오래전부터 제주해녀들은 자신들이 속한 공동체를 위하는 전통을 지켜왔다. 65세 이상의 늙은 해녀들을 위해 수심 5m 이내의 안전한 바다 구역을 설정, 노령에도 바다에서 지속적으로 소득을 얻을 수 있도록 배려했다. 대정읍 마라도의 향약에도 나와 있는 '할망바당'이야말로

온평초등학교가 화재로 전소되자 해녀들이 학교바당을 지정,
거기서 나온 해산물 판매대금으로 10년간 10개의 교실을 건축한 공로를
기리는 비. 1960년 온평초등학교 교정에 건립.

해녀복지의 한 사례이다.

성산읍 온평리에는 '학교바당'이 있었다. 1950년
6·25가 일어나던 해 12월 24일, 온평초등학교의 교실
전부가 화재로 타버렸다. 이 마을 해녀들은 해산물이 가
장 풍부한 바다의 한 구역을 지정, 거기서 나오는 해산
물 판매대금 전부를 교실 짓기에 기부했다. 이 기부는

교실이 모두 재건되는 10여 년 동안 계속됐다. 이를 기리는 해녀공로비가 1961년 9월에 온평초등학교에 세워졌다.

1950년 초 한림읍 협재리 해녀 23명은 독도(울릉도)에까지 가서 해산물 채취로 벌어들인 소득에서 일부를 떼어내 마을을 위해 쾌척했다. 사람 하나 살지 않는 섬에서 밤낮으로 파도소리 들이치는 동굴을 집 삼아 지냈다. 가지고 간 것은 좁쌀과 마늘장아찌가 고작이었다. 그렇게 외롭고 서럽게 벌어들인 돈을 기꺼이 내놓았던 것이다. 이를 기리는 비석이 1956년 협재리복지회관에 세워졌다. 비석에는 '객고풍상 성심성의 애향연금 영세불망'이라는 글이 새겨져 있다.

조천읍 신흥리는 4·3사건 때 성인 남자가 모두 사망하고 말았다. 당시는 여자가 이장을 한다는 건 생각도 못 할 일이었다. 해녀들은 의논 끝에 이웃 마을 함덕의 한 남자에게 이장 일을 맡아서 해달라고 부탁했다. 이웃 마을에서 드나들며 이장 일을 하는 그에게 미안한 해녀들은 다시 의논하여 마을 바다의 한 구역을 '이장바당'으로 정했다. 여기서 채취한 해산물 판매대금은 이장에게 수고비로 건네어졌다.

제주바다에는 크고 작은 태풍이 일 년에 수십 차례 지나간다. 이런 큰바람이 피해만 주는 것은 아니다. '풍조風藻'라는 보너스를 가져온다. 풍조란 태풍이 불고 난 후 파도에 밀려온 해조류를 말한다. 주로 늦은 봄부터 여름까

한림읍 협재리 23명의 해녀들이 울릉도(독도)에 가 벌어들인 돈의 일부를
마을회관 건축기금으로 쾌척, 1956년에 세워진 기념비.

지 바닷가에 밀려온다. 햇볕에 말려서 팔면 썩 괜찮은
용돈이 된다. 마을마다 해녀들의 합의로 처리방법이 결
정된다. 대부분은 바다의 선물이나 다름없는 이 풍조 채
취권을 65세 이상의 할망해녀들에게 주어 그들의 부수
입을 보태주고 있다.

  이 밖에도 해녀들은 해산물의 일정 기금을 갹출, 공동
기금을 조성해두고 상부상조는 물론 경로당, 복지회관,
학교운동회 등 마을 전체의 복지에 대한 기부를 당연하

게 여기고 있다. 이렇듯 자기가 속한 공동체를 위해 아낌없는 사랑과 헌신을 베푸는 아름답고 따스한 전통이 제주해녀들에게는 면면히 내려오고 있다.

친정집보다 고마운 바다, 그러나 무서운 바다

해녀들은 한 달에 약 15일간 물질을 한다. 물때가 좋은 일주일을 연이어 일한 후 약 8일간 쉬고 다시 일주일 정도 물에 든다. 쉬는 동안 집에서 빈둥거리는 것은 아니다. 농사일과 병행하는 직업이 해녀 일이다. 이른 새벽에 밭에 나가 김을 매거나 추수를 하다가도 썰물이 가까워지면 바다로 내달린다.

집안에 우환이 생기거나 몸이 아프거나 해산물 채취가 신통치 않으면 해녀들의 발길은 바닷가의 신당으로 향한다. 찾아가는 날도 특별하게 정해진 날이 없다. 자신이 생기복덕한 날이라 여기는 날, 간소한, 그러나 정성 어린 제물을 준비하고 새벽에 찾아간다. 당에 가지 못하면 '지'를 준비하기도 한다.

해녀들에게 바다는 한없이 고맙고도 무서운 곳이다. 친정집보다 나은 곳, 나에게 가족이 먹고 살아갈 삶의 본전을 내어주는 곳, 그러나 저 푸르게 출렁이는 바닷속에는 죽음의 위협도 항시 도사리고 있다.

아직까지 제주해녀들이 축적하고 있는 바다에 대한 지

식과 지혜에 대해서 어떤 학자도 제대로 연구해내지 못했으며, 정확한 평가를 하지 못하고 있는 실정이다. 제주해녀들이야말로 어떤 악조건에서도 바다가 있는 한 삶을 영위해 나갈 수 있는 세계 최강의 여성들이다. 그런데 안타깝게도 해녀는 급속한 감소현상을 보이고 있다. 15세 내외의 애기해녀로부터 80세의 할망해녀까지 제주바다는 그야말로 해녀의 전성기를 구가하던 때가 있었다. 그러나 지금은 35세 이하의 해녀를 찾아보기 힘들며 10대와 20대는 아예 없는 형편이다.

제주바다가 일구어낸 자연과의 공존 지혜

2018년 6월 현재 제주바다를 활동무대로 하는 해녀는 4,000여 명이다. 일 년에 한 번이나 두 번 우뭇가사리 공동채취 때나 얼굴을 내미는 해녀들이 약 5,000명, 도합 9,000여 명의 해녀가 존재하는 셈이다. 주축을 이루고 있는 60~70대의 고령자가 사망하면서 해녀 수는 날마다 줄어들고 있다. 다행스럽게 근래 해녀에 대한 부정적 인식이 확실히 바뀌었고, 해녀를 직업으로 가지고자 하는 젊은 여성들이 늘어나고 있다.

제주시의 한림해녀학교에 이어 서귀포시에 법환해녀학교가 생기고 이곳에 지원한 학생 중에는 현직 교수를 비롯해서 석·박사 학위 소지자들도 꽤 된다. 이들의 체험을 통해 해녀의 삶은 보다 리얼하게 알려졌다. 그러나 해녀공동체는 폐쇄적인 태도를 좀처럼 풀려고 하지 않고 있다. 예전의 그 아름답던 관행들, 포용력과 덕성을 최고의 가치로 삼던 멋진 대상군 리더는 보이지 않고 마을에서도 이기적인 집단으로 사람들로부터 외면당하는 실정에 이르고 있다.

행정당국에서도 해녀 보존을 위한 여러 대책들을 내놓고 있으나 기존 해녀조직이 완강하게 버티며 젊은 해녀를 좀처럼 받아들이지 않고 있다. 이러다가 제주바다에서 해녀가 사라질 것 아니냐는 우려의 목소리도 높다. 해녀가 사라진다는 것은 그들만의 독특한 전승문화가 사라진다는 것을 의미한다.

거칠고 야성적인 그들의 불문율 속에는 진주와 같은 지혜와 자연과 더불어 살아가는 생존의 법칙이 엄연하다. 해녀들이 일구어낸 전승문화는 해양을 무대로 한 생업기술로서 바다가 미래자원으로 대두되는 21세기에 우리가 더욱 소중하게 가꾸어야 할 대상이다. 제주해녀의 강인한 정신과 자연과의 공존, 공동체 정신은 세계의 여성들이 전승해 가야 할 중요한 정신적 자산이다.